牛郎織女傳說

国家级非物质文化遗产代表性项目山西省保护成果丛书

弓宇杰 主编

侯姝慧 著

山西出版传媒集团

北岳文艺出版社
BEIYUE LITERATURE & ART PUBLISHING HOUSE

·太原·

图书在版编目(CIP)数据

牛郎织女传说 / 侯姝慧著. -- 太原 : 北岳文艺出版社, 2024.9. --(国家级非物质文化遗产代表性项目山西省保护成果丛书 / 弓宇杰主编). -- ISBN 978-7-5378-6899-0

Ⅰ. I207.73

中国国家版本馆CIP数据核字第2024L39G65号

牛郎织女传说

侯姝慧 著

//

出 品 人
郭文礼

策　　划
马　峻

责任编辑
高海霞

装帧设计
夏慧文

封面题字
田　青

图片提供
侯姝慧　白　鹭

宣传运营
刘思华　董江波

印装监制
郭　勇

出版发行:山西出版传媒集团·北岳文艺出版社

地址:山西省太原市并州南路57号

邮编:030012

电话:0351-5628696(发行部)　0351-5628688(总编室)

传真:0351-5628680

经 销 商:新华书店

印刷装订:山西基因包装印刷科技股份有限公司

开本:787 mm × 1092mm　1/16

字数:126千　印张:11

版次:2024年9月第1版

印次:2024年9月山西第1次印刷

书号: ISBN 978-7-5378-6899-0

定价:63.00元

国家级非物质文化遗产代表性项目山西省保护成果丛书

编 委 名 单

总　序

山西，简称晋，因春秋末期有过“三家分晋”的历史，所以也叫三晋大地。三晋大地，表里山河，外有滔滔大河，内有巍巍高山，更被柳宗元赞曰有“尧之遗风”。

大河是黄河，中华文明的母亲河；山有太行山，与王屋山一起，在中国古老的传说里彰显着我们祖先的不屈意志与奋斗精神。在那首著名的歌曲《人说山西好风光》里，有两句歌词动态十足，精彩至极：“左手一指太行山，右手一指是吕梁。”只有面对地图时，你才能想象出是什么人，要站在什么地方，方可如此洒脱地左一指、右一指，俯瞰这莽莽苍苍、云蒸霞蔚的中原故地。没有坐北朝南、站在云端之上的王者胸怀和气概，唱不出这样的歌。

的确，这里曾是王者之地。在古老的传说中，黄帝之妃嫘祖就是在这里的夏县教民养蚕缫丝，后稷就是在这里的稷山教民稼穑耕种。这里至今留有尧、舜、禹建业的踪迹，尧都平阳、舜都蒲坂、禹都安邑之说历来不绝。

如果说有关“三皇五帝”的遗迹和传说还需要考古证明，那么运城人自豪地说自己是关公的“老乡”，却是真真切切、毋庸置疑的。关公所代表的忠义精神，在中华民族传承千年，亘古不变，至今仍是中华传统文化的核心精神，为全球华人所尊崇坚守。

这里有数不清的历史故事，有数不清的历史遗迹。中国有一句话：“地下文物看陕西，地上文物看山西。”山西现存的全国重点文物保护单位和地上文物均为全国第一，素有“中国古代建筑艺术博物馆”的美誉，全国仅有的四座唐代建筑均在山西，比如五台山的南禅寺、佛光寺，至今散发着光耀寰宇的盛唐之光。此外，作为著名的“元杂剧”的发祥地，山西还有全国最多也是保存最完整的古戏台。据不完全统计，目前山西全省仍然保存完好的戏台约有两千座，遍布三晋大大小小的乡镇，几乎每一个大一点的村落，都会有一座面对神灵栖处的戏台，它成为传统中国农村的社会中心。

山西还是非物质文化遗产大省，列入国家级非物质文化遗产代表性项目名录的有182项，位列全国第三；列入省级非物质文化遗产代表性项目名录的有1173项；列入市级非物质文化遗产代表性项目名录的有2629项；

列入县级非物质文化遗产代表性项目名录的有6425项。现有国家级代表性传承人149人，省级代表性传承人1427人，市、县级代表性传承人分别为3527人和8341人，总体数量和涉及的“非遗”门类均排在全国前列。

金元时期，古平阳地区是除了元大都外最大的戏剧中心。千百年来，传统戏剧在这里生根发芽、枝繁叶茂，成为山西民众最主要的精神食粮，也是继承传播中华民族精神、智慧、文明的大学校。山西现存地方剧种多达54个，占全国传统剧种的六分之一。其中以山西梆子、蒲州梆子、上党梆子、北路梆子为代表的“梆子大戏”传承久远、影响巨大，诞生了许多名角和代表性剧目。其他如碗碗腔、线腔、耍孩儿、罗罗腔、青阳腔等戏曲形式异彩纷呈、争奇斗艳，深得民众喜爱。

山西还是民歌的海洋和民间歌舞之乡，到处都有着非常精彩的民歌与民间舞蹈，每到春节、元宵节，“闹红火”的队伍都会把欢乐撒向天空与大地。鼓舞、秧歌舞、狮舞、高跷、旱船、竹马、二鬼摔跤、背棍、铁棍和抬阁等传统舞蹈成为中华传统节日的亮点和必备的“大餐”。山西的民歌闻名天下，河曲、左权号称“歌窝子”，《走西口》与《桃花红 杏花白》的歌声脍炙人口，其独具特色的动人旋律与一唱三叹、鲜活生动的唱腔以及继承了《诗经》传统的歌词，无不是劳动人民的伟大创作，如一颗颗宝石，璀璨夺目，历久弥新。山西的器乐曲，也丰富而精彩，其中五台山佛乐、恒山道乐曾与以“山西八大套”为代表的民间器乐互相影响，构成了山西各具特色的多个乐种。

山西农业发达，工商业和金融也起步较早，受它们影响的传统手工技艺也发展较快，其品类丰富、数量众多，分布广泛，称得上“物华天宝”。其中平遥推光漆器、平定刻花瓷、长子响铜、稷山螺钿、平阳木版年画、阳城生铁冶铸技艺、绛州澄泥砚、上党堆锦、黎侯虎等民间传统工艺在全国影响较大。山西传统工艺中的民间剪纸、布艺、皮影、绢人、泥塑等更是特色鲜明，成为一张张瑰丽多彩的“山西名片”。

我虽不是山西人，但与山西渊源甚深。1982年，我考入中国艺术研究院随杨荫浏先生攻读研究生学位，为了论文写作，第一次去山西考察，初登五台山，领略了青庙、黄庙的佛教音乐。1988年，我再访五台山，在山西省音乐舞蹈研究所的帮助下找到了繁峙县的释了丛法师。1989年3月，一个以释了丛法师为首的佛教乐队以“中国五台山佛乐团”的名义随我赴香港参加“第一届佛教音乐国际研讨会”，第一次走出山西，登上国际舞台。1998年，受赵朴初居士委托，我与李家振先生拜访李鸿儒老师组建的佛乐班，在此基础上组织了“五台山沙弥佛乐团”；同年3月，我率团赴台湾在台北中山堂演出，轰动宝岛。2002年，应左权籍作家刘红庆之邀，参加左权县文化局召开的有关民歌前途的研讨会，从而认识了石占明并推荐他参加了当年在浙江仙居举办的第一届“南北民歌擂台赛”，“羊倌歌手”一举成名，获“十大歌王”称号。2003年，我再访左权，结识了刘红权和“左权盲人宣传队”的弟兄们。回京后，我在《人民日报》发表《阿炳还活着》等文章，并将他们请到北京的大专院校和新闻媒体机构演出，开启了“左权盲人宣传队”向天而歌、誉满天下之路。2004年，我作为艺术总监，再次带领由已经长大了的“沙弥”们组成的五台山佛乐团参加两岸三大语系、八大丛林组成的“中华佛教音乐展演团”出访美国、加拿大等国，并到台湾、香港、澳门等地演出。2019年和2020年，我参与策划了全国性的民歌盛会“左权民歌汇”，让左权这座古城成为全国的民歌中心和当今时尚青年的“打卡地”。2021年，我作为山西非物质文化遗产展演团的艺术总监，参与策划了在台湾举办的“中华非物质文化遗产月”活动，让三晋大地源远流长、五彩缤纷的非物质文化遗产亮相祖国宝岛，为宝岛亲人带去了“表里山河”的乡情与问候。

今天，“国家级非物质文化遗产代表性项目山西省保护成果丛书”即将出版，我相信这套丛书在分门别类、具体生动地介绍山西非物质文化遗产的同时，会很好地弘扬中华传统文化，极大地促进我们，尤其是青年们的文化自信，更会让全国人民、世界人民了解山西，了解中国，在山西“非遗”的百花园里更深刻地感受到中华民族生生不息的伟大智慧、伟大精神。

向所有非物质文化遗产的创造者和传承人致敬！

向所有非物质文化遗产保护工作者致敬！

山西省晋中市左权县龙泉乡龙则村荣誉村民

田　青

目 录

序

20世纪以来，随着中国传统村落中小农经济社会形态的延续，古老的牛郎织女传说仍在二十六个省区的广大农民群众的口头继续传承着，刘锡诚先生认为，这些传说流传地逐渐形成了一个以河北、山西、山东、江苏、浙江、福建、河南七个省区构成的“牛郎织女传说圈”。2008年牛郎织女传说的两个重要流传地山西省和顺县、山东省沂源县被纳入第二批“国家级非物质文化遗产名录”，2011年陕西省西安市长安区也被列入了该传说保护地行列，其主要原因是这几个地域的牛郎织女传说在当代还有广泛的流传和承递。本书集中展现的就是地处太行山中段腹地和顺县天河梁及周边村落世代传承着的牛郎织女传说的生态环境、存在样貌、传承情况及其保护历史与现状。

太行山脉是华北地区早期农耕文明的重要发源地，和顺县天河梁及周边村落背倚太行，是牛郎织女传说传承发展的重要流传地之一。牛郎织女传说在传承过程中与天河梁及周边村落的地名、风物名、景观名成为互文互构的关系，形成传说阐释地名、风物名、景观名，同时地名、风物名、景观名印证传说的关系。民众在讲述传说的过程中实现了对地理地貌、地名、习俗、信仰等地方传统文化的习得，共同组成天河梁周边村落群民众的群体记忆和文化阐释系统。

21世纪初，中国进入了全面而深刻的社会转型期，即由原始的和以自然经济为主的农耕文明和宗法社会，向着以现代化、市场化为主的现代文明的急剧过渡时期。随着社会转型，存在于乡土社会民间语境中的牛郎织女传说已然呈现出衰微趋势，具体表现为原有传说流传地域和传播群体萎缩，故事情节构成方面变异活力减弱。牛郎织女传说在现代条件下的遭遇，无疑是民间传说现代嬗变的文化个案。此次对山西和顺牛郎织女传说的文化生态、历史脉络、各类文本，传承人及传承状况，各阶段保护工作等内容的整理和研究，将促进我们对以牛郎织女传说为代表的民间传说在现代社会传承延续和发展走向的深入思考。

在保护非物质文化遗产、促进非物质文化遗产与旅游融合、助力乡村振兴等理念、政策推动下，将牛郎织女传说作为地方文化资源，融入新农村建设的同时，激发活力，推动非物质文化遗产的活态传承。

第一章 和顺县牛郎织女传说的文化生态

牛郎织女传说是我国传承千年的凄美爱情故事，以独特的文化魅力流传播布于中国二十六个以传统小农经济为主体的省区，是民众的民俗心理、审美追求及文化品格的集中体现形式之一。2008年，牛郎织女传说被纳入第二批“国家级非物质文化遗产名录”，三个重要流传地分别是山西省和顺县、山东省沂源县、陕西省西安市长安区。众所周知，在社会转型的现代条件下，全国牛郎织女传说口头传承状况呈现出衰微趋势，但这三个地域还有较广泛的流传和承递，且表现形态各有特征。山西省和顺县牛郎织女传说以与流传地村落群的自然风物、人文景观和地方习俗、民间信仰一体化为突出特征，从一个侧面展现了太行山农耕文明起源地小农经济形态下口头传统的样貌形态和文化功能。2006年，和顺被中国民间文艺家协会命名为“中国牛郎织女文化之乡”，2009年又被山西省文化厅命名为“山西省首批民族传统节日（七夕节）示范保护地”。太行山中段西麓和顺县天河梁及周边地区是牛郎织女传说的主要流传地。

第一节　天河梁农耕社会与日常生活

和顺县牛郎织女传说分布在太行山中段西麓腹地，以天河梁为中心，方圆二十公里范围内的晋冀交界处。天河梁海拔1780多米，山体挺拔峻峭，两侧山峦叠嶂，群峰峥嵘，远远地望去，像一道巨大的屏障横亘在天地之间。“举头尽见奇峰峙，着足曾无尺土平”，当地民众还是创造性地借取沟、坡、岭、峧、垴等地貌形势，世代不息垒石填土筑堰修田，琢磨出独具特色的农耕生态体系，形成典型的小农经济社会。当地民众以家庭为生产、生活的基本单位，农业和家庭手工业相结合，男耕女织，千百年来形成了自给自足的自然经济形态，是中国北方农耕文化的代表。

太行山中段处于我国地势第二阶梯边缘段，对于东南暖湿气流起一定的阻挡作用，冷暖气流在此交汇，降水丰富，植被条件非常好。但本区海拔较高，山峦连绵起伏，农业生产条件差，属于高寒农业区，以一年一熟的杂粮为主。虽处于山地，但土层较厚，利于农作物生长，可以满足当地民众生活所需，村落分布稀疏，以自

天河梁全景　白鹭/摄

然村落为主。

天河梁东麓河北等地如遇灾荒，逃荒的民众也愿意到这里避灾生活。他们甚至不远几十里、百里，跋山涉水到此地开荒，春种、夏锄、秋收，年复一年重复这样的生活，以至后来多数人放弃长距离奔波，选择迁过来，长期生活在此地。经过数百年的沉淀，形成了具有鲜明地域特色的农耕文化，这里至今仍保留着许多农业文化遗存。当地的饮食习惯、石头使用、耕牛饲养等民俗文化影响深远，从房屋建造到日常生活，可以说无所不“石”——石街石道、石房石墙、石桌石凳、石碾石磨、石井石窖。特别是石板房，依山而建，鳞次栉比，十分壮观。这里世代以农业为主，主要种植玉米、高粱、黄豆、葵花、谷子等耐寒的农作物，以养牛、羊为生。牛是农业耕作的重要牲畜，至今村里人仍有养牛的习惯，少则几头，多则数十头甚至上百头。牛栏一般设在山顶或山坳处，方便牛群的放牧。村民常数家联合，轮流上山放牛，以便有空余时间种庄稼或打零工。

天河梁及周边地区地处黄土高原太行山腹地，深受黄河流域农耕文明的影响，这里传统自然村的生产生活方式，作为小农经济的原型，完美再现古代农业社会形态。这里历史悠久的文化景观遗存无一不是人类活动的印记，彰显了人类的生活智慧。

牛群 白鹭/摄

石街石墙　白鹭/摄

和顺县牛郎织女传说流传地示意图

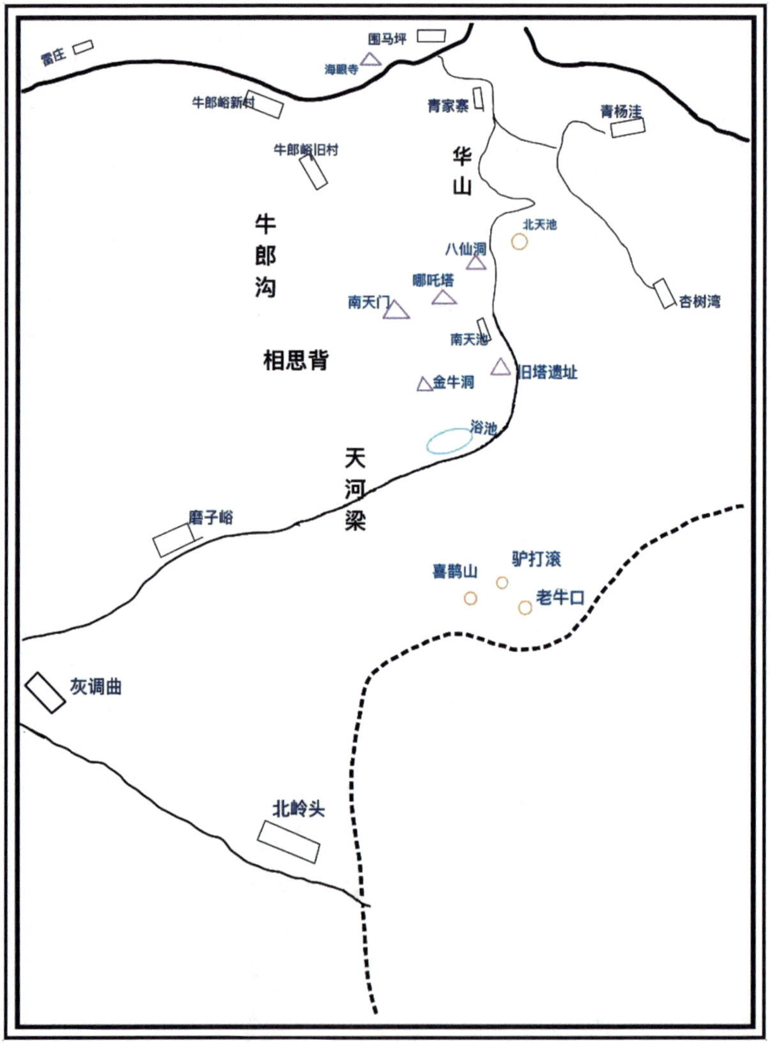

侯姝慧绘

第二节　和顺县牛郎织女传说村落群

牛郎织女传说以其独特魅力融入山西省和顺县的山水之中，以天河梁为中线，方圆二十公里的晋冀交界处，即和顺县松烟镇南天池、牛郎峪、青家寨、杏树湾、雷庄、圈马坪等村落形成传说村落群，这个村落群以牛郎织女传说为主线，将牛郎织女传说与当地的古地名、山名及文化景观等一一对应，如南天池、牛郎峪、牛郎沟、南天门、天河梁、相思背、天河池、驴打滚、哪吒塔、晾衣台、喜鹊山、牛郎庙、织女庙等等，形成一条完整的传说情节链，也是文化阐释链，颇有几分“在天成象，在地成形”的意味。

天河梁东南，有一个自然村名叫南天池，这里是牛郎织女传说村落群的中心所在。该村海拔1450米，处于山西和顺与河北邢台交界处，和顺方向山势高耸，邢台方向位于山脚下，两方地势相差千余米。特别是雨后，空气湿度大，云雾穿梭于崇山峻岭之中，身处南天池村，饶有几分人间天上、美如仙境的意味。据南天池村老支书陈炳栋书记讲，南天池是一个非常古老的村

石街石墙　白鹭/摄

落，早些年村民曾在山头发现有零碎的瓦片，还在荒山间遇到过制作精良的古墓葬，这些都无可置疑是南天池先民所为。①山上植被丰富，林木茂密。村子处于群山怀抱之中，重峦叠嶂、云雾缭绕，宛若“世外桃源”，是一处绝美的避暑胜地。

陈书记还回忆说，和顺历史上绝收的情况很少，曾有不同地区的人来此处谋生。南天池村曾有赵、郑、李、乔等八姓，后来慢慢都迁到外地了。现在村里以王、陈、李、冯等姓氏为主，他们大部分是明清、民国年间从河北邢台迁过来的。因为南天池村和河北邢台离得很近，就隔着一道山梁，遭遇灾荒的人们翻过这道山梁就可以到达南天池村了。后来与河北邢台形成了通婚之便，南天池多有从邢台娶的媳妇。现如今村里有96户，240余口人。牛郎织女传说在这里世代流传，七夕风俗沿袭至今。

牛郎峪旧村，与南天池村相距不远，在南天池村东北方向的山坳里，依山傍水，环境幽静。当地的村民都

① 依据访谈记录。访谈对象：陈炳栋，男，1952年生，和顺县南天池村人；访谈人：侯姝慧、白鹭；访谈时间：2022年8月5日上午；访谈地点：南天池村陈家。

南天池村貌　白鹭/摄

说牛郎是他们村的。该村村民姓氏以青、曹、刘、张、崔为主，也多是从河北邢台等地迁来的。村里流传着一些关于牛郎的故事，如牛郎的姓氏名字、家庭情况，以及牛郎哥哥嫂嫂如何与他分家等传说。旧村中随处可见石头屋、石板房、石磨、石碾，如今早已弃置不用。村子周围山梁上曾经桑麻遍野，人们历来以养蚕与纺织为传统。如今，遍山的橡树林仍然非常茂密，但人口稀少，新村已于2021年与雷庄村合并。

青家寨村，在南天池村东南方向。关于青家寨村名的来源有两种说法：一是牛郎的舅舅青似海曾是这村的，所以留下青姓一脉，故而起名“青家寨”；一是这地方以前不叫“青家寨”，叫“康家寨”。村里一直流传着这样的说法：据说织女曾在这里养过龙驹马，这神马走四十里地才有一个脚印。邢台以前叫顺德府，在青家寨的东南方向。那时候从村里骑上龙驹马去顺德府买馍馍，返回来馍馍还不冷呢。村里曾留有拴马石、马槽等遗迹。据传有人经常骑龙驹马外出办事，每回住店都告诉别人千万不要往他马肚子底下泼水，结果不巧有一次他的马偏偏就被泼上水了，那马立马开始嚎叫，后来就不见踪影了。都说那是龙驹马归天了，当地的民众害怕天神怪罪，所以就改“康家寨”为“青家寨”了。①

杏树湾旧村，位于青家寨村东面，因村前屋后长满杏树而得名。传说每年桃、杏成熟时节，织女随牛郎牧牛至此摘桃、杏吃，便流传下簸箩

① 依据访谈记录。访谈对象：刘春生，男，已故，和顺县青家寨村村民；访谈人：白鹭；访谈时间：2012年9月25日；访谈地点：青家寨村刘春生家。

杏树湾村　和顺县摄影协会/供

牛郎峪旧村　和顺县摄影协会/供

青家寨村貌 白鹭/摄

洼、葫芦垴、烧火灶台、石饭桌、烧火棍等与牛郎织女生活相关的风物传说。如今，旧村荒废，2021年杏树湾与青家寨整村合并，共计180户，470余口人。

据来南天池一带多次考察的前县文化艺术中心主任常跃生讲述，除了南天池、牛郎峪，这一带还有好多村落名都与当地流传的传说相关，如雷庄是雷公电母曾经下凡歇息的地方，圈马坪是万千天马在凡间停留过的地方。①

牛郎织女传说在这里世代流传，与这里男耕女织的生活形态及淳朴民风相契合，与之相对应的古地名、山名及文化景观有二十多处。这些地名与景观名，有的可以在和顺文史资料中查到，还有许多查无可寻的地名则存活在南天池、牛郎峪一带村民祖祖辈辈的口头记忆中。这些历史记忆保存了牛郎织女传说所蕴含的地域文化特征。

① 访谈对象：常跃生，男，1958年生，和顺县摄影协会会员。访谈人：白鹭；访谈时间：2023年8月21日；访谈地点：和顺县摄影协会。

第三节　传说村落群的风俗与信仰

牛郎织女传说与当地民众的节日习俗、生活习俗相融合，形成了独特的风俗习惯，使传说具有深厚的传承土壤，并不断衍生出丰富的民间风俗与信仰。

天河梁周边村落的民众向来以农业为生，围绕农耕文化孕育了多种多样的民间信仰，如赶山大王、龙王、水草大王、土地信仰等等，产生了“逢村必有庙”的现象。其中南天池村特征最显著，村中庙宇较多，有官房庙、土地庙、牛郎庙、织女庙、山神庙等，每逢初一、十五、重大节日，村民都会到庙中燃香、烧纸、祭拜。官房庙供奉着三位神灵——天神、地神、水草大王；土地庙供奉土地公公和土地婆婆，他们是守护一方平安的地方保护神；山神庙供奉着赶山大王，他是掌管群山的神灵。“靠山吃山，靠水吃水”，生活在群山之中的民众，他们的生活与这山水紧密相关，只有泉水长流、山草常有，牛羊才能肥美，供给民众生活所需。

这里的村民基本家家养牛，他们视牛为珍宝，除了在农忙时节耕牛要辛苦劳作，其余时间都由村民在山间自由放牧，这里曾长期流行“牛死埋葬”的习俗。以农耕为主的小农经济社会，耕牛必不可少，自古民间就有浓烈的牛崇拜。牛不仅是耕田助手，更是民众生活中的朋友。在牛郎织女传说中也是如此，老牛是天上金牛星下凡，一直陪伴着牛郎，并为牛郎上天追织女贡献了生命。对牛的喜爱与崇拜是民间流传已久的信仰。

在南天池村最特别的是牛郎庙、织女庙，庙中供奉的是牛郎和织女，七夕当日南天池村还有庙会。在村东景区有一座十多年前建的牛郎织女庙，有三间房大，庙内无塑像，只有一个较大的牛郎织女神位，庙宇整体简单朴素。另在天河池西面山坡上，高处有织女庙，低处有牛郎庙，形制规模小，尺寸约一米五见方，全部用石头堆砌而成，也没有塑像。这两座庙修建时间已无从考究，只是听村里老人讲他们记事的时候已经留存。

七夕节上午，当地民众要到牛郎庙和织女庙上香祭拜，并举行迎接织女回家的祭祀仪式，村里还会出演敬神戏。晚上，天河梁周边村落的民众有“看天”的习俗，人们常说若七夕晚上看天河明亮、群星闪耀，那这一年必定有好收成。还要在自家院中朝南方向摆放供品，燃香祭天，祭祀牛郎织女。牛郎星、织女星虽说是天上星辰，但在牛郎织女传说里，牛郎主耕田，织女巧织布，他们是民众认定的农神、桑神，他们对牛郎织女的传说深信不疑，认为牛郎织女就是这里的。可见村落庙宇供奉的神灵都与人们的农耕生活息息相关，充满鲜活的生命色彩，传达着民众的精神需求。

官房庙　白鹭/摄

土地庙　白鹭/摄

牛群　白鹭/摄

据陈书记讲述，早些年这里还有祭祀取水的习俗。[①]每当遇到大旱的年景，方圆百里的人们都会到牛郎庙、织女庙敬神祭祀，祈求天降甘霖。祭祀仪式比较简单，只烧香、放炮、上供、磕头，心诚最重要。如果神灵感应，降下天雨，村子里就要烧香还愿、唱戏敬神，感谢天地的馈赠。当地出演的敬神戏多是小落腔，这个地方剧种缘起于敬神，最开始在牛郎沟发起，后来流传到南天池村，并多次到附近村子演出。

在这里敬神戏的意义已经远不止“敬神”，它实现了娱神娱人的双重目的，通过这种方式，民众表达了实现心中所愿的欣喜、狂欢。这是农耕社会人类与大自然互动交流的一种方式，既表现出对大自然的敬畏，也展现了人们消除灾害、祈福、报恩的社会心理。农神的崇拜信仰，表达了农业社会中人们对安定、富足的理想生活最质朴的向往。

① 依据访谈记录。访谈对象：陈炳栋，男，1952年生，和顺县南天池村人；访谈人：侯姝慧、白鹭；访谈时间：2022年8月5日；访谈地点：南天池村陈家。

牛郎庙与织女庙　侯姝慧/摄

织女庙　侯姝慧/摄

第二章

牛郎织女传说的历史脉络

牛郎织女传说源起于先秦时期，从讲述大自然中的星辰崇拜，到人神婚恋叙事模式，再到地域叙事类型，展现了牛郎织女传说的历史演进脉络，深刻揭示了农耕文明小农经济社会中民众的文化心理及民间伦理道德观念。

第一节 星辰崇拜与“看天”习俗的生成

20世纪早期有研究者黄石说：“牛、女的故事，可谓我国星宿神话中之硕果仅存者。”①和顺县许多村庄“七夕”这天讲究吃好的、放鞭炮、贴窗花、敲锣打鼓“接织女回老家”。据田野调查资料显示，到21世纪初，和顺县牛郎织女传说村落群的民众每逢七夕仍有“看天”习俗，晚上要在自家院中朝南方向摆放桌子或案板，上置供品，供放毛豆、玉茭和蒸馍，燃香祭天，祭祀星宿牛郎星和织女星。

牛郎织女传说源于古人的星辰崇拜，它正是我们华夏祖先仰观天象所想象出的自然星象神话。起初，“牵牛”和“织女”只是两个星宿的名称。牵牛星即“河鼓二”，在银河东。织女星又称“天孙”，在银河西，与牵牛星相对。追溯牛郎织女传说与星宿信仰的关系，要从《诗经·小雅·大东》中通过“维天有汉，监亦有光。

① 高洪兴：《黄石民俗学论集》，上海文艺出版社，1999，第346页。

牛郎织女刺绣　白鹭/摄

跂彼织女，终日七襄。虽则七襄，不成报章。睆彼牵牛，不以服箱。”[1]完整呈现了牛郎织女传说的三要素，即银河、织女和牵牛。诗中称织女“不成报章”，这表示当时织女星已然被民众想象成一位纺纱织布的女子，称牵牛“不以服箱”，是把牵牛星想象成为天牛的形象。然而从诗歌表意来看是在抱怨织女星忙忙碌碌“终日七襄”，但却“不成报章”；牵牛星看上去强大而健壮，却“不认服箱”，并不能完成各自任务，二者徒劳无功。这首诗中虽然没有任何涉及织女、牵牛二星的爱恋情节，但是从二星的命名可以看出它们已经被民间广泛关注，人们依据自身相关的生产生活经验

① 程俊英：《诗经译注》，上海古籍出版社，1985，第409—410页。

赋予了二星人格化的特征，即牵牛、织女星分别象征着人类农耕社会的两项基本工种——耕作与纺织，与当时农耕信仰中的谷物神和蚕桑信仰中的帝女之桑女神有关。虽然此时只是星宿的神话形象，但已经作为母题，为牛郎织女传说的形成准备了文化基础。

汉魏以来，《大戴礼记·夏小正》记载："七月，汉案户，初昏，织女正东向，斗柄悬在下，则旦。"[①]表明"织女星"在七月的时候逐渐向东方移动，这些都为之后牛郎织女相会情节的发展提供了重要的依据。

在《史记·天官书》说道："牵牛为牺牲。其北河鼓。河鼓大星，上将；左右，左右将。婺女，其北织女。织女，天女孙也。"[②]这里将牵牛星看成是"牺牲"，而将北边的河鼓三星看成是将军，"牵牛"落地人间；织女星则被看作是天帝后人，"织女"已然具有了天女的尊贵身份和神灵力量。此时的"牵牛""织女"已经开始人格化，但尚未出现情爱因素。班固《西都赋》"集乎豫章之宇，临乎昆明之池。左牵牛而右织女，似

① 戴德：《大戴礼记》卷四十七《夏小正》，江苏人民出版社，2019。

② 司马迁：《史记》卷二十七《天官书》，中华书局，1959，第1310—1311页。

牛郎织女书画 白鹭/摄

云汉之无涯”。[①]和张衡《西京赋》“豫章珍馆，揭焉中峙。牵牛立其左，织女处其右，日月于是乎出入？象扶桑与濛汜”[②]中都有“牵牛”和“织女”人形化的描述，但他们依然是被赋予人形的星神，并没有过多的情节叙述，也没有证据可以说明二者的关系是恩爱夫妻，或是互相爱慕的有情人。但有一点可以肯定，就是此时文献资料中二人的关系比《大东》[③]篇更加亲近了，也为后世人们对二人关系的想象提供了广阔的空间。

① 萧统编《昭明文选》，李善注，崇文书局，2018，第15页。
② 萧统编《昭明文选》，李善注，崇文书局，2018，第46页。
③ 即《诗经 · 小雅 · 大东》。

第二节　悲剧审美与人神婚恋形式的传承

牵牛、织女从天上的星辰到与人间生产生活相关照，从神神相恋到人神爱恋，经历了漫长的历史过程才形成了银河相隔、不得相守的故事情节。

据1975年11月在湖北省云梦睡虎地出土的战国秦简《日书》中的记载："丁丑·己酉取（娶）妻，不吉。戊申·己酉，牵牛以取（娶）织女，不果，三弃。""戊申·己酉，牵牛以取（娶）织女而不果，不出三岁，弃若亡。"[①]其表面说的是不宜嫁娶之日，是禁忌，实则已涉及有情人缔结婚约的说法。从中大致可以推演出，到战国时代，牵牛和织女这对有情人最终无法团圆成为悲剧的情节已然出现。

关于牛郎织女婚恋情节的记述较早可见于东汉时期《古诗十九首》，至此，该神话传说的雏形得以形成，它赋予了牵牛星、织女星以人的生命和婚恋情感。如《迢迢牵牛星》中所述"迢迢牵牛星，皎皎河汉女。纤纤擢素手，札札弄机杼。终日不成章，泣涕零如雨。河汉清且浅，相去复几许。盈盈一水间，脉脉不得语。"[②]这首诗歌中牵牛、织女虽仍是

① 睡虎地秦墓竹简整理小组编《睡虎地秦墓竹简》，文物出版社，2001，第206—208页。

② 萧统编《昭明文选》，李善注，崇文书局，2018，第928页。

天上的星辰，但已经被赋予了人情与人性。在此天象与人文进一步融合，人们把世间痴男怨女分离的悲痛投射到牵牛与织女二星隔着银河相望的天象上去了。诗人赋予了织女勤劳纺织的形象特征和对爱恋情感的细腻感受，与人间生活相照应。“终日不成章，泣涕零如雨”，一个在情感、精神上备受折磨的纺织女子被深切同情，从而给隔河相望的两星赋予了爱而不得的悲剧色彩。牛郎织女故事都是发生在天上，即神仙与神仙的婚恋故事，而非神仙与凡人的婚恋故事模式。此诗奠定了牛郎织女传说的主流故事形态，建构起传说的基本元素、主要内涵，形成了“织女星”为女子，终日以织布为务，与男子“牵牛星”分隔于银河两岸，相去不远却无法相互言语、相守一生，只能隔空思念、泪流不已的爱情悲剧。

据《岁时广记》卷二六引《淮南子》“乌鹊填河成桥而渡织女。”[①]东汉应劭《风俗通义》有言曰：“织女七夕当渡河，使鹊为桥。”[②]由此可见两汉时期，牛郎织

① 应劭：《风俗通义全译》，赵泓译注，贵州人民出版社，1998，第432页。

② 同上书。

女的爱恋关系已被人们普遍认可，并在民间广为流传，逐渐衍生出喜鹊搭桥以渡牛郎、织女七夕相会的情节。汉代的画像石也有许多表现牛郎织女主题的画像，它们以更生动、形象的艺术形态向我们展现了牛郎织女传说在民间的广泛流传。

魏晋南北朝时期是一个文学自由的时代，文化思想、文艺创作都极为活跃。在这样的时代背景下，牵牛、织女成了文人墨客表达爱恋情思最青睐的题材，在他们的不断加工、创作下，牛郎织女传说也得到了进一步发展，由神神相恋转变为人神爱恋的故事。魏晋诗人曹丕《燕歌行》“明月皎皎照我床，星汉西流夜未央。牵牛织女遥相望，尔独何辜限河梁。”[①]和诗人曹植《洛神赋》“叹匏瓜之无匹兮，咏牵牛之独处。”[②]延续了《迢迢牵牛星》中对“牵牛”“织女”被河汉相隔的同情基调。世间万千情感纵不能完满，也抵不住人们对团圆美满的祈盼，在不断地文学创作中，人们的心理愿望得到满足，牵牛织女终将相会。

傅玄的《拟天问》“七月七日，牵牛、织女会天河”[③]是最早的关于牵牛织女七夕相会的文人记述。特别是《文选·洛神赋》李善注引曹植《九咏注》：“牵牛为夫，织女为妇。织女、牵牛之星，各处河鼓之旁。七月七日乃得一会。”[④]诗中明确表示“牵牛”“织女”为夫妻关系，而且在每年

① 萧统编《昭明文选》，李善注，崇文书局，2018，第884页。
② 萧统编《昭明文选》，李善注，崇文书局，2018，第618页。
③ 宗懔：《荆楚岁时记》，杜工瞻注、姜彦稚辑校，中华书局，2018，第56页。
④ 萧统编《昭明文选》，李善注，崇文书局，2018，第618页。

牛郎织女剪纸　白鹭/摄

的七月七日相会一次。古人对数字“七”有一种特殊崇拜，选择七七相会是民众生活智慧的一种体现，更是人们对美好生活的期待，具有深厚的文化意蕴。七夕相会，成为牛郎织女传说形成的关键节点，牵牛织女浪漫爱情故事中的基本情节要素已经确立，并且与中国的传统节日七夕节产生了紧密的联系。

七夕节，又名乞巧节，在《荆楚岁时记》中记载：“七月七日，为牵牛、织女聚会之夜。……是夕，人家妇女结彩缕，穿七孔针，或以金、银、鍮石为针，陈几筵、酒、脯、瓜果、菜于庭中以乞巧。有喜子（蜘蛛）网于瓜上，则以为符应。”[①]至此，牛郎织女的浪漫爱情故事与七夕节融为一体，彼此成就，蕴含了更加深厚的文化内涵。以七夕节为载体的牛郎织女传说得到了更加广泛的流传，七夕节这一以乞巧、庆丰收为风俗的节日也因爱情传说的附加而增添了祈求婚姻美满、团圆幸福的意蕴。

① 宗懔：《荆楚岁时记》，杜工瞻注、姜彦稚辑校，中华书局，2018，56—59页。

第三节　地方文化与亚型、异文的多样化呈现

牛郎织女传说经由两汉到魏晋文人的渲染，故事情节和人物形象都已经深入民心，在不断地传承、改编、再创作过程中，传说的故事内容变得精彩纷呈，也更加贴近民众生活。

魏晋时期崇尚以孝为本的伦理道德观念，董永作为中国民间二十四孝故事的人物之一，是封建社会“孝”思想的代表。董永和七仙女的故事与牛郎织女故事产生了某种契合性，在此董永代替了牛郎的角色，牛郎织女的神话也从遥远的银河九天降落到了人间，成了民间普通饮食男女的爱情故事。

晋人张华的《博物志》有这样一段记载：

> 旧说天河与海相通。近世有人居海渚者，每年八月有浮槎去来不失期。人有奇志，立飞阁于槎上，多赍粮乘槎而去。去十余月，奄至一处，有城郭状，屋舍甚严，遥望宫中多织妇。见一丈夫牵牛

牛郎织女文创　侯姝慧/摄

渚次饮之。牵牛人乃惊问曰："何由至此？"此人具说来意，并问："此是何处？"答云："君还，至蜀都访严君平则知之。"竟不上岸，因还如期。后至蜀问君平，君平曰："某年月日，有客星犯牵牛宿。"①

梁人吴均《续齐谐记》有一段织女嫁牛郎的记载：

桂阳成武丁，有仙道，常在人间，忽谓其弟曰："七月七日，织女当渡河，诸仙悉还宫。吾向已被召，不得停，与尔别矣。"弟问曰："织女何事渡河？去当何还？"答曰："织女暂诣牵牛，吾复三年当还。"明日失武丁，至今云织女嫁牵牛。②

以上两段故事，一段说天上银河与人间河海相通，凡人可以经此地上天；另一段则说牵牛织女在天上婚配。这两则文献记载都比之前的牵牛织女故事情节更具

① 宗懔：《荆楚岁时记》，杜工瞻注、姜彦稚辑校，中华书局，2018，第57页。

② 王嘉等：《拾遗记》（外三种），王根林等校点，上海古籍出版社，2012，第230页。

故事性，虽然没有正面叙述牵牛织女的情爱生活，但也算是其婚恋的旁证，为之后牛郎上天与织女相会提供了重要线索。

还有一些不同于主流色调的异文记载，如明人陈耀文《天中记》卷二引《小说》写道："天河之东有织女，天帝之子也。年年机杼劳役，织成云锦天衣，容貌不暇整。帝怜其独处，许嫁河西牵牛郎，嫁后遂废织纴。天帝怒，责令归河东，但使一年一度相会。"①这里描绘了不同以往的牛郎织女形象：织女作为天帝之女，常住银河东，年年在天上织衣劳作，忙得没有时间顾及自己的容貌。天帝可怜女儿独自一人，就将她许配给银河西边的牵牛郎。然而织女出嫁后却废弃了织衣，导致天帝大怒，责令织女回到银河东边，允许织女一年只能与牛郎相会一次。《太平御览》卷三十一《时序》记载有："牵牛娶织女，取天帝钱两万备礼，久而不还，被驱在营室。"②将牛郎织女分离的原因归结为因牵牛借钱结婚而无力偿还。这些异文的出现，不仅丰富了传说的故事情节、情感基调、价值观念，而且牛郎、织女的形象更加世俗化、生活化。

不断俗化的牛郎织女传说更为民众喜闻乐见，成了人们常挂嘴边的口头故事，传遍了大街小巷。在民间，老百姓更关注与自身息息相关的社会伦理、家庭关系等现实问题，他们依据自身的生活经验和心理追求，不断地对传说进行加工、改编，牛郎织女故事的神异色彩逐渐淡化，取而代之

① 陈耀文：《天中记》，广陵书社，2007，第60页。
② 李昉等：《太平御览》，上海古籍出版社，2008，第403页。

牛郎织女文创　侯姝慧/摄

的是老百姓自己的民间生活，故事情节也由原初隔河相望的牵牛、织女的含情脉脉，演变成了一个单身放牛郎的奇幻婚恋经历，并由此衍生出其父母早逝，寄寓兄嫂之家，最终被兄嫂逐出，和老牛相伴等人间的悲情故事。这些寻常的百姓生活，最终将牵牛星降落到人间，银河星宿变牛郎，天上神灵做凡人，实现了神话人物的平民化，神话传说的生活化。

牛郎织女传说蕴含着中国传统文化中的婚恋观、家庭观、道德观，对世间民众的意识形态、文化心理产生了潜移默化的影响，寄托了人们追求幸福生活的理想。千百年来，牛郎织女传说在不断地流传过程中，既传播了中国传统文化精神，也因受到不同地理环境、文化风俗等地域文化的影响，汲取了各地文化精粹，演化出各种极具地方特色的牛郎织女传说故事。

牛郎织女剪纸　白鹭/摄

第三章

天河梁牛郎织女传说的文本形态

民间传说在历史流传过程中，一般都会发生或强或弱的变异，牛郎织女传说的流变传承过程，是被不同的地域文化所接受、适应、改变的过程。和顺县天河梁牛郎织女传说村落群中的村民们对牛郎织女传说耳熟能详，特别是一些上了年纪的老人们更是如数家珍。这则传说在当地，与地方自然生态环境、人文生态环境重新融构，在产生新文本的同时锻炼出新的文化特质，演变为各种形态的牛郎织女传说。

牛郎织女传说是在小农经济和宗法社会条件下的民众集体的精神产物。它的起源和动力机制等问题，既要依据古文献进行解读，同时，还需结合现代口传材料的田野搜集和理性观照。和顺县的地方文化工作者、传承人和学者们，几股力量通力合作，十几年间深入民众进行较扎实的田野工作，搜集采录了一批流传在民众（主要是农民）口头上的牛郎织女传说，并对传说生存状况进行了多方位的分析研究。

第一节　地方志式书写本

目前可以看到的有关牛郎织女的地方志式书写文本有几种类型，一是地方政府网站版本，二是地方志书中的书写本。

一、地方政府网站版本

在和顺县人民政府官网的历史文化栏目有一则大众普适版牛郎织女故事，其中并没有提及与和顺相关的地理文化标识，只是简单地介绍牛郎织女传说与七夕节。此传说文本中牵牛、织女本就是天上的两位星神，只因玉帝不允许天神私恋，牵牛被贬下凡，成了人间牛郎。织女依旧是天神，却日日思念牵牛，泪流满面，可见感情颇深。后因织女洗澡，牛郎偷仙衣，昔日的有情人再续前缘，开始在人间享受幸福的婚姻生活。后来王母知晓此事，便派天兵去捉拿织女。虽在牛皮的帮助下，牛郎也可飞天，但牛郎、织女二人终究被天河相隔，最终只得每年七月七鹊桥相会。

遥望天河梁　白鹭/摄

这个传说版本和通行的牛郎织女传说大致是相同的，不同之处有三：一、牛郎和织女原本就是天上的一对有情人；二、织女是玉帝与瑶姬的女儿，是王母的孙女；三、牛郎是牵牛星被贬人间的凡人化身。他们二人的爱情路途坎坷，从星辰爱恋到人间姻缘再到天河相隔、鹊桥相会，完美演绎了忠贞不渝的爱情。

二、地方志书中的书写本

目前《中国牛郎织女文化之乡：和顺》《和顺牛郎织女文化》两本书中的牛郎织女传说版本是以南天池王继升手抄本为蓝本，后经民俗专家与地方文化人实地考察、补充整理的，其情节梗概如下：

相传盘古开天辟地时，南天池是个大盆地，中间有大湖，仙女经常偷偷下凡来湖中嬉水、沐浴，后人就把这大湖叫作仙人湖。山下沟里是牛郎峪，有一户夫妻，男的耕田牧牛，女的纺纱织布。家中已有两个儿子，妻子又怀孕了。一天，妻子正在院中干活，突然天上一个惊雷，肚子疼得无法站立。这时，从天上飘来一朵白云，落在这家屋顶，只听得婴儿一声清脆的哭声，孩子诞生，这孩子便是牛郎。刚生下孩子时母亲没有奶水，可巧家里养着一头母牛下了一只牛犊，母牛奶水很多，牛郎得以成活。

孩子四岁时，父亲病逝；八岁时，母亲的身体衰弱。哥哥们提出分家，母亲心急病倒。兄嫂不管不顾，牛郎打定主意把老牛卖了给娘治病。在紧要关头，老黄牛开口说话，原来它是天庭的金牛大仙，因违反天条，被打入凡间修行，因与牛郎朝夕相伴，十分同情他的境遇。牛郎奉母亲之命，请舅舅给三兄弟分家，房子和院子归老大，家里的东西归老二，只把老黄牛分给牛郎。母亲去世，牛郎跟着舅舅到南天池生活，每天上山放牛、打柴。

一天，牛郎在山上放牛，突然看到从天河梁飘来一朵七色彩云，朝着相思背飞去。他躲在一棵大树后看到云中走出一位仙女，长得花容月貌，到天池中沐浴。在舅舅的帮助下，牛郎再次等到织女下凡沐浴时，把她的衣裙偷走。织女洗浴之后，发现仙衣不见，得喜鹊仙子相助，找到了偷衣服的牛郎。织女得知牛郎对自己思慕已久，自愿留在南天池。之后舅舅青似海为二人主持婚礼。牛郎每天在山上牧牛，在坡地上耕田，在山沟边种豆子，还从山崖上采来石片石块盖起房子；织女采桑叶在家养蚕，每当牛郎耕田、放牧回来，就给牛郎端上热气腾腾的小米粥和玉米饼，她还教会了村里人养蚕抽丝、纺线织布、刺绣等。织女为牛郎生了一儿一女，男孩叫宝童，女孩叫秀儿。

玉帝得知织女私嫁凡人，命托塔李天王带领天兵天将捉拿织女。财神听到消息，直奔南天池给织女报信，织女带着孩子和牛郎一起躲进黄蒿沟中藏身。李天王率众天神下凡，隐约看到织女身影，突然一股灰土腾空升起，迷了众神眼睛。原来是八仙们正在花山上嬉耍、休息，突然闻知天兵天将降临此地捉拿织女，心中不平。张果老命毛驴就地翻滚，搅得尘土飞扬、遮天蔽日。李天王找不到织女，返回天庭，遭玉帝叱责。王母娘娘亲自出马，织女被押回天庭。

牛郎依照老黄牛嘱咐将牛皮披在身上，把牛蹄绑在双脚上，把牛角顶在头上，用扁担挑起两个孩子，直奔南天门的方向去追织女。王母娘娘拔下金簪划出一道天河，牛郎只能眼睁睁地看着织女被带走。观音大士求情，织女免于罪责，但每年只能在七月初七与牛郎相会，王母还命令喜鹊为牛郎织女架设天桥。从此每逢这天，南天池周围村庄的喜鹊便飞得无影无踪。第二天早上喜鹊陆续飞回，浑身湿淋淋的，秃秃的头顶只剩下几片羽毛。

此传说文本是牛郎偷衣与仙女成婚的天鹅处女型故事与两兄弟型故事的有机结合，与普遍流传的牛郎织女传说情节大致相同，但其中几处情节颇有独特之处：一是牛郎的出生有传奇色彩且是喝牛奶长大的，从小就与牛结下不解之缘；二是老黄牛第一次开口说话是为了警示牛郎，他哥嫂要蛮横分家；三是牛郎的舅舅给三兄弟分家；四是舅舅提示牛郎偷仙衣可娶得仙女为妻，舅舅青似海在故事中是一个重要的人物；五是财神给织女通风报信；六是张果老的驴打滚助织女躲天兵；七是观音大士为织女求情。这里有天兵捉拿织女，阻挠牛郎织女见面的情节，也出现了许多帮助牛郎织女渡过难关的善神，如财神、八仙、观音，这在和顺牛郎织女传说中都是特别的存在，还有南天池、牛郎峪、天河梁、相思背、南天门等地理标识的出现，为传说增添了显著的地域特征。

天池　侯姝慧/摄

第二节　传承人口述文本

一、青家寨村刘春生口述文本

2012年在青家寨村做田野调查，访谈了他们村“最会捣瞎话的”刘春生。当时老人已经八十四岁高龄，他讲述：“俺奶奶是南天池的闺女。有一年过年了，过十五的时候俺家挂起一张画，那画以前我从来没见过，在哪放的我也不知道。好好看看那张画是牛郎织女画，俺奶奶就跟我说牛郎织女就是南天池说下的一个故事……”[①] 刘春生老人从小就爱听故事，记性也很好，所以会讲很多故事。他讲述的牛郎织女传说大多是小时候从他奶奶那里听来的，还有听说书的人讲的，其传说情节与普遍流传的有很大不同[②]：

说起那天河池，人们都说是织女在那里洗澡来。以前那水池小，织女

① 依据访谈记录。访谈对象：刘春生，男，已故，和顺县青家寨村村民；访谈人：白鹭；访谈时间：2012年9月25日；访谈地点：青家寨村刘家。
② 依据刘春生讲的牛郎织女故事整理所得。

牛郎织女鹊桥景区访谈　白鹭/摄

访谈村民　白鹭/摄

姐妹九个哩，玉皇不是九个闺女哩。那会儿正值姜子牙封神哩，玉皇也等着封神哩，姜子牙说“没斩了你，怎么封神”，玉皇说“先封哇，封了再斩”。结果封了他玉皇后，就没法斩玉皇了，于是就让他的九个闺女下凡哇。大姐是孙悟空，二姐是哪吒二郎，三姐是二郎杨戬，数七仙女不正规了。

有一次九仙女到了南天门往下一看，看见牛郎峪那里有一个大水潭，于是她们就去洗澡了。青泉桥头站牛郎，牛郎峪现在有一饭店就叫青泉饭店，青泉是一大桥，桥头有茶馆，茶馆门口站着牛郎。七仙女洗完了澡到池边的大石头上穿衣裳，就被牛郎看见了。七仙女问她的姐姐们：“咱的肉该谁见哩？”姐姐们说：“咱爹和咱妈。”“那还能谁见了？”“那就是你丈夫了，女人之肉，男人不见谁见。”“那桥头站的男人是牛郎，我不是被他看见了吗？”“那看见了就是你的男人，除了你的男人，别人怎么能见你的肉。既然这样，你就跟了牛郎哇。”她大姐就给她这样安排了。织女说：“我跟了他，要是以后有什么灾难怎么办？”姐姐说：“咱姐妹们又是扇子，又是高香哩，你一扇（shān）扇（shàn）、一烧高香，我们就下来了，来帮助你。”后来织女就跟着牛郎回了。牛郎家有四个院子，他和他哥们占两个院子，他大爷占一个院子，还有一个他老舅什么的占一个院子。牛郎的大嫂是个好人，大嫂看见牛郎引这么好的姑娘回来了，就说牛郎的大哥去前村看个好工夫（好日子），也好给老三结婚。后来看了黄道吉日就给牛郎结婚了。结婚以后过光景（过日子），弟兄们是在一起伙的（没有分家）。

牛郎就是放一头黄牛，这黄牛怎么说哩，天上有一玉黄兽，玉黄周围出石头，石头上边有三个叶，中间叶里出黄牛，这就是金牛架上出黄牛。金牛架就在青家寨村后边，村民吃的水就是金牛架的水。牛郎放，织女收，老君打下七龙头，葫芦垴上去吃草，天黑了，金牛咀上卧黄牛。黄牛干（口渴）了就去海眼寺老龙潭里去喝水。九天仙女在海眼寺和圣母常来往，人家都是神哩，那海眼寺可比南天池好多了。龙王太子把他留，老龙王看见黄牛来喝水，知道这是金牛星下凡，想法要把黄牛留住，打发三小子去留，留不住，后来就和黄牛打起来了。三太子心好恼，龙霄宝殿把状告。三太子去玉皇那里奏本了，玉皇准了他的本，派上天兵天将来下头。都说是天兵天将来捉拿织女了，其实不是捉拿织女，就是来拿黄牛了。天兵天将在康家垴上安下营，真君把的十人岭，四大天王把的四垴山，就是卡住这地方不让黄牛走。哪吒和杨戬大战黄牛，到北天池才把黄牛拿下来。后来到龙霄宝殿交圣旨，玉皇下令把黄牛的魂儿压在山底下。牛皮给牛郎丢下，披上就可以上天，吃了牛肉就能成仙，骨架保留好，放在河里就是大桥。黄牛临死前就把这些交代给了牛郎，可是他没把骨架放好，所以后来就过不了河了。黄牛的魂儿压在了山东省济南府北关北门外头，一旦到黄河发洪水的时候，大叫三声镇水头，黄牛就把黄河镇住了。

黄牛是死了，牛郎回家就和老婆两个人过，织布纺花。这说来说去，牛郎峪、牛郎峪，牛郎就是在这牛郎峪住着哩。桑树坡是桑园，盖的是望河楼，他们喂的马是龙驹马，那马跑得可快了，四十里地才见一马蹄哩，人家那是天上的神马。可惜后来他二嫂一下泼水泼到了马肚子底下，龙驹马也归天了。黄牛死了，龙驹马归天了，这一下织女不干了，不跟牛郎了，要回她娘家。牛郎一听回娘家也挺高兴，反正结婚了这么些年也没见过老丈人，正好一起回去拜拜丈人、丈母。织女头前走，牛郎担上儿女紧跟后。牛郎披的牛皮，而且他已经吃了牛肉成了仙。到了天上一看，还有这么好的地方，牛郎就开始四处看景了，往上看看在龙霄殿，往下看看在鬼门三关，往东看看在东海岸，往南看在落其山，往西看在西天雷音寺，往北看在喂马山，天连地，地连天。牛郎光顾看哩，织女扭头看不见他在后面跟了，他也寻不到他老婆了。织女怀里不是就有织布梭了么，怀里掏出织布梭，一下打在他面前，牛郎看到织布梭就赶紧跟着往前走。这就是常说的千里姻缘一线牵。

后来他们就一直往前走，王母娘娘心欢喜，掐指一算织女回家来了。九天仙女回天了，还能不受玉皇的处分？那不是七仙女上天就被玉皇扣在天牢里了，她们的儿女都是生在天上，后又被送下凡间。这都是玉皇惩罚闺女，不让他的闺女们下凡，可是他曾经是许过姜子牙哩。王母掐指算到织女上天了，织女是神仙上天是应该哩，可是不该带凡人上天呀，她不知道牛郎已经吃了黄牛肉了。王母娘娘一急怒，拔下金簪划天河，牛郎划在河东岸，织女划在河西坡，牛郎守着儿和女，织女西坡独自一人。王母娘娘传侍女，下令让牛郎和织女逢七相会。这些苑宫侍女也是害怕九天仙女受处罚哩，她们就喜欢得心想立马去传给织女哩。结果一去高兴得忘了，传成了七月七相会，一下子成了一年才相会一回，就是这样才流传下年年七月七相会。

人家其实是让逢七相会哩，初七、十七、二十七都可以相会的，结果侍女给传错令了。玉皇是下圣旨哩，王母是传令哩。就这样把他们弄成了一年相会一回。后来年年七月七喜鹊才给搭桥呀。那是牛郎把黄牛骨架给弄没了，不然直接放在河里就能过河了。那就问呀，这划天河了，天河到底有多长？划天河、划天河，一道天河，九道弯。头道窄，二道宽，三道弯里跑天马，四道弯里能乘船，五道弯里庄稼汉，六道弯里能种田，七道弯里是庙宇，八道弯里会八仙，九道弯里长桃树，四棵酸来五棵甜。

这是一个新奇的牛郎织女传说，牛郎的哥嫂很善良，给他张罗娶妻，并没有分家。织女是王母的九闺女，因洗澡后穿衣时候自己被牛郎看到，后来就嫁了牛郎。一改以往故事中牛郎织女的恩爱情深，这里的织女因生活不如意要回娘家，牛郎紧随织女，在天宫大开眼界，终被王母分隔在天河两岸。原本是逢七相会的，却因传错令，成了如今的每年七月七相会一次。

此传说文本是一个不同于祖母讲述和前人说书的新版本，是在多种传说版本基础上改编加工而成的，有很多和顺方言土语的应用，如“好工夫”“好光景”，还有当地地名，如“牛郎峪”“海眼寺”等。这些文字信息不仅使传说的地域性更加鲜明，而且说明此传说已与当地民众的日常生活和伦理文化完全融合在一起。这里没有织女洗澡、牛郎偷衣的情节，而是出现了织女浴后穿衣被牛郎看到肌肤的内容，因为“女人之肉不可随便见人”的俗信，织女就嫁给了牛郎。乡村女人是羞涩腼腆的，乡村男人是憨厚朴实的，俗信在乡村生活中起着道德约束的作用。民众把自身的特性都映射到传说人物形象上，这是民众生活的真实再现。从老人讲述的传说中我们还可以看到他对一些民间俗语的新阐释，如：“千里姻缘一线牵”，是织女用织布梭为牛郎引导天宫之路而来的；“七七相会”，王母原本下令是让牛郎和织女逢七就相会一次的，侍女误传，结果就成了每年七月七相会一次。

变异性使民间文学更加丰富，并呈现出地方性、创造性的特点。民间传说的每一次讲述都是独立的，讲述者不受固定文本的约束，除了依靠记忆保存传说文本的核心内容外，还可以依时间、地点以及讲述者的个人经验、个人意志对传说文本的语言、情节进行改动，从而创作出新的文本。这样的变异并不是对旧有故事情节的否定，而是对传说内容的丰富，使其更具生活性、地域性。

二、省级代表性传承人冯三口述文本

2022年七夕节时节，到南天池村做田野调查，寻访了牛郎织女传说的省级代表性传承人冯三。在他的引导下考察了南天池村与牛郎织女传说相关的大部分地点与

访谈传承人冯三
白鹭/摄

景观，收获颇丰。据他讲述："这牛郎织女故事是我家祖上传下来的，到我这里是第八代了，小时候常听我老姥爷说起这个，七月七就是个节令。天上两颗星，牛郎和织女本身就是天上一对，想在一起了，可就是走不到一团儿（一块儿）。牛郎就是放的老黄牛，织女就是王母娘娘的闺女，七个闺女，织女就是七仙女。王母娘娘为了不让她与凡人见面，每天叫织女在家捻针、扯线，缝鞋垫，反正就是不让出去，织女在家实在憋闷。就和媒人说媒一样，就该着见面哩。后来有一天，织女就和王母娘娘说：'我得出去走走。'王母说：'你去吧，但是我只允许你去天河梁。'这天河梁的缘分就这样定下了。"[①]

第一个目的地是南天门，村西北三里处，这是一个巨石砌成的拱形门楼，类似于半个"高"字形状，据说原来十分高大，在地势平坦的地方，几里外就可以看到。冯三指着石门楼说道："这就是南天门，从天上到凡间必须经过此地。听古人传，南天门在很古之前，上神下世的时候，就从相思背顶上出现金灿灿的一道天梯，有时候能看到他们的样子。有时候又随着东面花山、哪吒塔方向出现金灿灿一道天梯，垂直与仙人洞相连，又是一道天梯，天神地仙都是这样过南天门的，牛郎织女一神一凡也同样到此南天门。后来仙女们到天河池洗澡也是从这儿下凡的，包括最后王母娘娘派天兵天将下凡捉拿织女也是经过此地，这儿就是天界和人间的

① 访谈对象：冯三，男，1964年生，和顺县南天池村人；访谈人：侯姝慧、白鹭；访谈时间：2022年8月4日；访谈地点：南天池村。

南天门　侯姝慧/摄

连接点。”背靠南天门，回望整个南天池村，不禁感叹这世外桃源的静谧、美好。蓝天、白云，连绵起伏的群山，阳光肆无忌惮地洒下来，在或厚或薄的云层下，整个核桃林连同远山都呈现出时暗时明的青绿色。

冯三边引路边讲故事：“牛郎就在这牛郎沟放牛呢。织女第一次来天河梁的时候，就觉得这里的风景真好，天气晴朗，真是个好地方。话说就是该织女出嫁哩。刚好是七月初四那天，织女在天河梁看到了牛郎放牛，就坐在相思背山上一直看着，觉得这个小伙子不错。到该回去的时候了，可织女就是不想回。织女回去就和王母商量说：‘能成牛郎吗？’王母没有答应，织女连着好几日都不吃也不喝。王母知道自己的女儿对牛郎有想法了。后来织女就常常一个人坐在相思背上，思念牛郎。南天门左边的这座山就是相思背，相思背顶上那整条山脉是天河梁。再往东那一条好深的山沟就是牛郎沟，那里山清水秀、青草旺盛，牛郎常在那里放牛。右边这座

织女洞 侯姝慧/摄

山是花山，因为这里开着五颜六色的、不知名的花，所以叫作花山。花山上那片松林里面有一座古塔，叫哪吒塔。哪吒塔再往山下的方向，在花山的半山腰，一个非常隐秘的丛林中有一处溶洞，是牛郎织女为躲避李天王的缉拿而藏身的地方，名叫织女洞。从织女洞再下到山脚，有一条林间小路，可以看到对面的喜鹊山，在相思背的东南方向。”说起这些与牛郎织女传说相关的地名，冯三如数家珍，眉眼之间尽显自豪的神情。

天河梁

天河梁横亘南北，把南天池包围在山中，与世隔绝。每年七月七，当地老百姓有夜晚“看天”的习俗。从南天池村望去，平时牛郎星在天河梁西北，织女星在天河梁东南，七夕晚上牛郎星和织女星会靠得很近。

天河梁也称分别山，老人们曾代代相传，说这是牛郎织女分别的地方。牛郎担着孩子追赶织女，王母娘娘为阻止牛郎，就用金簪在山上朝南北划了一条天河把他们分开，就成了天河梁。有民谣这样唱道：“王母娘娘生了气，拔下金簪划天河，牛郎划在河东岸，织女划在河西岸，但等七月七来相会，百鸟架桥，夫妻见面泪涟涟。”

据说哪吒塔是一座历史悠久的古塔，为一睹它的尊容，我们在冯三的带领下开始了密林寻塔。穿过南天门，踏着青绿色草甸子向花山出发，爬到快到峰顶的时候转向南侧的松林。外面的太阳很热烈，晒得让人有些疲累，一只脚踏进松林，感觉立马进入了一个清凉世界。陈书记曾说过这松树都是早些年村民们一棵一棵栽的，“十年树木，百年树人”，如今的后辈都要感谢前辈们的辛劳。松林里密密麻麻都是松树、荆棘，还有杂草，没有修整的痕迹，全部顺其自然、野蛮生长。地上是厚厚的松针，踩上去软绵绵的。在密林中穿行十几分钟终于看到了哪吒塔的真身。塔高两米多，塔顶树立着一枝三叉木枝，塔身全部由一块块黑灰色石头堆砌而成，大小石头错落有致，在一种特殊排列规则的支撑下，坚挺稳固、屹立不倒。冯三说：“这是一座护佑地方百姓的千年神塔，有了这塔这里的庄稼就不会遭受冰雹。当初天兵天将来捉拿织女，哪吒还帮过忙哩，还给他们找了藏身的地方，就在半山腰那儿，隐蔽性很好，谁也找不到。”

哪吒塔

据说这塔是玉皇赐予哪吒镇守南天门的地方，只要塔尖的桃木叉挺立不倒，雷雹诸神就不敢在此撒野。塔身有三个孔洞，一个是上香上供的洞口，一个浅口里面挂着几道灵符，一个较深的洞里面放着一盆米、一盆水和一只公鸡。传说这古塔一是为保护南天门，二是为保护花山，三是保护人间万物不受妖魔的侵害。

话音刚落，我们便朝下一个目的地——织女洞出发了。松林中并没有明确的路，全靠冯三依凭个人记忆在引路，不熟悉的人很容易迷路。看着他在这密林中健步如飞、如履平地，不由得心生赞叹。穿越过各种横七竖八的荆棘，跨过大大小小、参差不齐的松树断枝，终于在一个山崖的凹陷处看到了织女洞，周围被荆棘遮挡，不愧是一个绝佳的隐秘之地。他说："当年织女嫁给牛郎以后在凡间生活得很好，还有一儿一女，很是幸福。可是天庭律令规定

哪吒塔 侯姝慧/摄

神仙不能与凡人相配，王母娘娘知道自己的女儿嫁给了凡人，非常恼怒，立即派李天王捉拿织女回天庭。李天王带领着天兵天将到凡间四处寻找织女。当时牛郎和织女就是藏在了这个洞里，上面有哪吒帮忙掩护，对面还有喜鹊山的喜鹊给报信儿，最终他们才逃过一劫。

紧接着转变方向去往牛郎织女传说的核心点——天河池，在南天池村东南方向的山上。冯三继续讲："说起这天河池，织女和她的姐姐们好（经常）去这儿洗澡。有一次织女又来洗澡，牛郎也不管老黄牛了，去偷看织女洗澡。天河池边有个放织女羽毛衣的亭子，牛郎就想着偷了你衣服看你怎么办。织女只好换了个衣服，她也回不去天宫，就准备结婚。王母知道后派李天王来找织女，不允织女和牛郎结婚。李天王派天兵天将下凡来捉拿织女，碰上了倒骑毛驴的张果老。张果老说：'牛郎织女本来就是一对儿，为什么不能让他们相爱，我今天总得让他们生个一男一女。'张果老就做了这个媒人，成全他们。倒骑着毛驴追李天王，追到驴打滚那儿，驴一打滚，打得漫天灰尘，李天王的眼睛迷了，找不到织女了。张果老自己觉得成全了牛郎织女，办了一件好事儿，李天王回告王母没有找到织女。王母没办法了，就找牛郎的舅舅青似海商量，说是给他们定个婚事吧。七月七见面，七月十五离别，一年就给他们这几天时间。经过天上各大神仙的讨论就定下这个事，见完面织女回天宫，牛郎在凡间照顾自己的孩子。可是牛郎织女他们不愿意，牛郎在牛郎沟哭，织女在天河梁哭，中间隔着银河，就是相处不到一块，只有等到七月七才能到一起。第一年相会，牛郎又哭又笑就给织女表态，织女问牛郎：'咱不见面的时候，你都干

驴打滚 侯姝慧/摄

啥了？’牛郎说：‘我是个凡人，我在家就是放老黄牛，种核桃、种地，有玉米、有豆，照看孩子们。’织女说：‘我知道，我在天宫不吃不喝，也是想念你们。’看着孩子们可怜，一直哭个不停。见了面后，织女还要给孩子们缝缝补补。这牛郎织女从七月七见面到七月十五离别，共九天，按古戏文来说就是会半月呢。咱这里还有戏就是这么排的，相会的时候又哭又笑的，离别的时候一送。相会的时候唱一回，十五离别的时候还要唱一回。”

关于天河池，村里人也是众说纷纭，有的人说以前水池很大，后来几次发大水，山上冲下来的泥把水池淤小了；也有人说是水池一直都不大，就是饮牛、饮羊的。但有一点无可置疑就是这天河池是历来就有的。在天河池左边有一棵椴树，树根粗壮，年代已久，枝繁叶茂；右边有一座小亭子，传说是牛郎偷取织女衣服的地方。在靠近椴树的山坡上矗立着两座简单古朴的小庙，一座是牛郎庙，一座是织女庙，相距不到十米，在这青山绿水中相依，就像人们希望牛郎织女永远在一起一样，两座小庙的修建也饱含浪漫的情怀。这两座庙结构很简单，全部由薄厚不一的石片堆砌而成，呈方形阁子，阁内无塑像、无神位。据说，这庙是很久以前建的，修建时间、谁主持修建的都无人知晓，但是村里人都信奉牛郎、织女，七夕节都会来庙里烧香、祭拜。

冯三还介绍了与牛郎织女传说相关联的其他村子，如牛郎峪、青家寨、杏树湾等。据传牛郎峪是之前牛郎生活的地方，青家寨是牛郎舅舅青似海居住的地方，杏树湾是牛郎和织女摘杏的地方，这几个地方连在一

筐箩洼　侯姝慧/摄

起，是牛郎织女的生活圈，每个地方都留有他们生活的印记。

笸箩洼

青家寨至杏树湾村间西南，有一山凹，四周缓高，中间低落，状如笸箩，村人称为“笸箩洼”。传说牛郎与织女结为夫妻后，牛郎牧牛时织女常相随，并带了针线笸箩给牛郎纳鞋垫子。织女怀孕了想吃酸溜溜的，牛郎说“我引你去杏树湾，那里杏树多”。之前杏树湾那边是西洼，织女把针线笸箩放到地下打杏。人家那是神仙笸箩，那一树打下来的杏全都跌进了笸箩里头，后来西洼就叫成了笸箩洼。[①]

葫芦垴

在笸箩洼旁边的一处山头，两头粗宽，中间细窄，特别像女人们做针线用的针线葫芦。牛郎放牛，织女常陪伴，带着针线笸箩做针线活，笸箩里的针线葫芦掉在地上，这地方就叫成了葫芦垴。[②]

锅圈

据说这是牛郎织女做饭的锅灶，还有一个石头长条是他们的烧火棍，

① 访谈对象：刘春生，男，已故，和顺县青家寨村村民；访谈人：白鹭；访谈时间：2012年9月25日；访谈地点：青家寨村刘家。

② 访谈对象：刘某，男，景区管理人员；访谈人：侯淑慧、白鹭；访谈时间：2022年8月3日；访谈地点：牛郎织女鹊桥景区。

还有一块大石头是吃饭坐的石凳子。之前这里还有一口水，冬夏常青，天气再干旱都有水。[①]

此传说文本是省级代表性传承人冯三依凭南天池村的地名、景观名讲述的，其地名的悠久传承，其景观风物的历史续递，与牛郎织女传说情节十分吻合，再现了牛郎织女在南天池生活的场景，形成了一条完整而系统的传说情节阐释链。身临其境融入当地自然景观中，更能深刻体会和顺牛郎织女传说的神秘韵味。牛郎织女在这里不再只是传说人物，已然成为南天池民众公认的“自家人”。依附于当地地理景观所构建的传说，是当地民众文化认同不可或缺的一部分。

① 访谈对象：刘某，男，景区管理人员；访谈人：侯淑慧、白鹭；访谈时间：2022年8月3日；访谈地点：牛郎织女鹊桥景区。

织女做饭的锅圈　侯姝慧/摄

第三节 地方戏文本

牛郎织女故事在南天池、牛郎峪一带，除了以民间传说的形式流传外，还流传着一种地方曲艺——说唱韵文“小落腔”，其演绎特点是吟诵与吟唱相结合。这种流传已久的表演艺术形式，是牛郎织女文化丰富性、多样性的见证，推动了民间传说的活态传承。

在南天池村有一个由二十多个村民自发组织的小落腔剧团，每年七月初七都会演出，剧本内容丰富多彩，主要有才子戏《吕蒙正赶斋》，二十四孝故事《卖苗郎》《探亲》等等。其中反映牛郎织女故事的就多达十本，如《牛郎织女》《敬神记》《八府神仙》等。牛郎织女传说省级非物质文化遗产代表性传承人冯三是这个剧团的团长，他是一个民间音乐爱好者，会弹奏韵文小调。曾经和他搭档的王宝叶，嗓音嘹亮，平常就喜欢听戏、唱戏，而后疾病缠身无法参演。如今和他搭档的是新生代戏曲爱好者冯秀清，主唱小戏的小生角。这种小调是代代相传的，没有曲谱传承下来，据他说流传至今已有四五代了，都是自编自唱，图个高兴。他们最常表演的曲目是《南天池永唱牛郎织女》。以下是依据现场表演所整理的戏文，既有吟诵又有吟唱，戏文韵律简单明了。

人物：牛郎、织女、王母娘娘、托塔李天王、仙女

报幕：和顺县有个南天池，

云雾缭绕林海森森。

重峦叠嶂峭壁立屏，

世外桃源胜似天宫。

这是牛郎织女故事的发生地，歌唱牛郎织女故事的小戏传古今。

第一场：牛郎扬鞭赶牛上场

牛郎（唱）：生在山沟住草棚，与牛为伴乐融融。

满山野果供人品，涓涓山泉把牛饮。

紫气晨光照林海，牧歌晚唱几回声。

南天池啊牛郎峪，和顺城东美庄村。

忽见天空起彩云，云中飘出仙女星。

我快藏进林里去，细细观察看究竟。

牛郎（白）：天空忽然飞来一片彩云，云中飘出一位仙女，我快藏进那边林里看个究竟。（下场）

第二场：织女在云雾中上场

织女（唱）：天庭生活闷沉沉，偷偷出宫放放风。
太行山巅风光美，和顺郡内真和顺。
南天池村更入胜，世外桃源似天宫。
我愿终身在此住，尽享凡间乐融融。
山间泉池碧水温，池中戏水净净身。
山有意来水有情，进池沐浴脱衣裙。

牛郎（白）：原来是一位仙女进天河池洗浴，我偷取她的仙衣，让她与我求情。

织女（白）：哎呀！谁拿了我的衣裙，谁拿了我的衣裙？

牛郎（白）：姑娘千万别着急，我为你来看衣裙。

织女（白）：你是？

牛郎（白）：我是这里的一个放牛娃，人们都叫我牛郎。

织女（白）：牛郎牛郎，请还我衣裳，我向你求情了。

牛郎（白）：你不用向我求情，我爱慕你倒想向你求婚。

织女（白）：我见他憨厚老实，一见钟情，我愿与他相伴终身，再不回天庭。

牛郎（白）：你是仙女？

小落腔·敬神戏　白鹭/摄

织女（白）：我本是王母娘娘的女儿，今日偷出天宫，下凡放风，来天池沐浴净身。

真没想到仙女下凡池中戏，牛郎窃衣巧成姻。

牛郎（白）：那就请仙女与我回家把亲成。

织女（白）：就依牛郎。（下场）

第三场：王母娘娘在云雾中上场，四仙女随从

王母娘娘（唱）：小女儿，偷出宫。下凡沐浴又配婚。

为母闻讯顿生怒，违反天条怎能容。

连命天兵与天将，捉拿女儿问重刑。

众仙女传我命令，托塔天王随我行。

仙女（白）：传王母娘娘的命令，托塔天王随王母娘娘下凡捉织女回宫。

第四场：李天王领天兵天将上场

李天王（唱）：忽听传来娘娘令，连忙整装赴天庭。

娘娘何事待吩咐，为臣甘愿效劳勤。

王母娘娘（白）：李天王，织女偷离天宫，下凡沐浴，还与一放牛郎私订终身，违反天条，我命你随同我下凡，速将织女捉拿回天宫。

李天王（白）：微臣遵命！

王母娘娘（白）：我以命千里眼和顺风耳查看她的踪迹，她现在在南天池村，天宫一日，人间一年。如今织女已经离宫八日，在人间已经八年，他们男耕女织，生儿育女，虽然光景美满，但天条不容，你快快前行。

李天王（白）：遵命！（宣旨）织女听旨，你偷出天庭，下凡配婚，违反天条，仙规不容，王母娘娘命你与我速速回宫。

第五场：牛郎、织女悲泣上场

织女（唱）：叫一声牛郎夫，你命真苦，
四岁时死了爹，八岁没了娘，
十八年岁月怎么度。

牛郎（唱）：我十八年等待你，
白日思来，夜里想，
睡梦里好像你坐在我炕上。

织女（唱）：唉，我的牛郎哥呀！
你苦海里捞金针，受尽千难万苦。

牛郎（唱）：我的贤妻啊！
千里有幸结情缘，海枯石烂心不变。
你不嫌我贫，那来生我当牛做马也情愿。

织女（唱）：牛郎夫，咱前段恩爱，确不表，
说一说分别后，怎么样再团圆。

合唱：一生难忘看今后，儿女双全难报酬，

自从相配三年整，苦里逃生不到头，

儿女养育惹了母，犯了天规母难容，

七月初七鹊搭桥，夫妻相见儿女相逢，

七月十五离别日，全家四口各西东。（完）

除了地方曲艺小落腔的演绎，牛郎织女传说与山西晋剧相融合迸发出新的艺术火花。和顺县青年艺术团（现和顺县牛郎织女晋剧院）编排了神话爱情晋剧《鹊桥会》，将牛郎织女的忠贞爱情与和顺秀美山川相融合，于2008年8月2日在太原星光剧院举行首场演出，曾荣获晋中市文艺精品展演奖。以下是依据《鹊桥会》演出的网络视频所整理的第一场戏文，唱词中随处可见南天池村的风物、景观标志。

景：和顺天河池

众（唱）：那里有一片绿色，喜鹊最爱在那里搭窝，七夕的时候飞在天上，一座爱桥架在银河，留下了千载动人的情话，有谁知这是哪里的传说，哎呀呀，哎呀呀

小落腔·牛郎织女戏　李芳慧/摄

第一场：离和顺（七年以后）

时间：耕种季节

地点：太行山脉古和顺

众（唱）：这里的山美丽，这里的水美丽，这里的人们老实淳朴，心更美，好听的家乡名儿随歌飞，和顺县坐落在太行山里，绿水蓝天牛羊肥，牛郎沟里，牧歌横笛牛郎吹，牵动了这南天池边织女随，人相随情相依，不管天和地，爱在人间美在山水，日月生辉，咯呀呀咳。

（白）这里的山美丽，这里的水美丽，这里的人们老实淳朴，心呀心呀心更美，好听的家乡名儿，随呀随呀随歌飞，和顺县坐落在太行山里，绿水蓝天，牛呀牛呀牛那个牛羊肥，哎咯呀呀咳，哎咯呀呀咳，哎咯呀呀，哎咯呀呀，哎咯呀呀咳。

（唱）牛羊肥，牛郎沟里，牧歌横笛牛郎吹，牵动了这南天池边织女随，人相随情相依，不管天和地，爱在人间美在山水，日月生辉，日月生辉，日月生辉，咯呀呀咳。

第二场：秀妮、宝童牵牛上场，随之牛郎上场

秀妮（白）：爹，我娘给咱们送水来了。

秀妮、宝童（齐喊）：娘。

第三场：织女上场

织女（白）：秀妮，让娘看看你的新衣裳。

秀妮（白）：真好看！

织女（白）：宝童，你也快来。

秀妮（白）：爹，我娘又给我做新衣裳了，你看，真好看。

织女（白）：还挺合身。

牛郎（白）：你的手可真巧啊！

织女（白）：牛郎，再过几天就是七月七，是咱们村的庙会，也该让孩子们高兴高兴。

秀妮（白）：娘，我长这么大，还没有见过太姥姥和太姥爷，咱村快过庙会了，叫我爹把他们接来住几天吧！

宝童（白）：是啊！

牛郎（白）：真是个孝顺的孩子。

宝童（白）：孝顺，顶啥用，我们早就想去看看太姥姥和太姥爷了，可是我娘推了一天又一天，推了一年又一年。

秀妮（白）：就是，就是嘛！

牛郎（白）：是啊，织女，自咱夫妻成婚七年，从未拜望过岳父母大

人，这不是刚刚收了秋吗？咱多带些莜荞、豆面、秋核桃，无论如何也要去看看二位老人家。

织女（白）：牛郎，我不是多次和你说过，去我娘家实在是太遥远了！

织女（唱）：我的家居住在云雾山顶，云漫漫雾蒙蒙崎岖难行，跨过那饮水池再绕相思背，登上那小花山，直穿八仙洞，北天池边歇歇脚，回娘家还得飞出南天门。

秀妮（白）：噢，我太姥姥住在天上。

织女（白）：哎，是咱和顺的南天门。

秀妮（唱）：太姥姥姓甚名谁，长的啥模样？

织女（唱）：太姥姥她长得浓眉大眼威风八面，家教森严慈母心肠，她姓……她娘家姓王。

宝童（白）：那我太姥爷呢？

织女（唱）：太姥爷居高位人人敬仰，云雾村众百姓称他玉皇。

此时，雷声响。

秀妮（白）：娘！

牛郎（白）：乡亲们，天就要下雨啦，大家快快收工吧！

秀妮（白）：娘，咱们也回家吧。

宝童（白）：娘，快来呀。

牛郎（白）：妻呀，快来。

第四场：众人下，织女神色惊慌，天兵天将手持神器上

天神（白）：天神立云端，织女听吾言，王母降皇旨，命你速归天。

织女（白）：上神开恩典，容我别家眷，安顿儿和女，即刻就回返。

天神（白）：尔将天规犯，私自配夫男，众将莫迟慢，凌霄面皇颜。

第五场：众将押解织女

织女（唱）：从天降下无情剑，欲断夫妻各一边，重返凌霄我不愿，织女甘愿留人间。

众（唱）：太行山巅和顺县，好山好水好人缘，恋恋不舍回头看，他父子不晓根和源。牛哥呀，实在可怜！

织女（唱）：撕破嗓子高声喊，牛郎啊，夫君啊！

牛郎（白）：妻呀，我来了，牛郎大步敢上前。

妻呀……

织女（白）：牛郎……

任何一种民间艺术的形成、发展都与其起源地、流传地的文化生态环境有着密切的联系，特别是民间传说，更是与老百姓的生产、生活紧密相关，它是人民日常生活和民众心理、情感高度融合产生的文化现象，深刻

凝聚着中华民族传统文化中最宝贵的精神思想和道德情感。地方戏曲将牛郎织女传说的主题内核与曲艺表演形式相结合，以一种全新模式在民众生活中发挥着重要作用，它不仅仅是表达一种忠贞的艺术情感，更是一种表达群体文化认同、凝聚地域文化精神的体现。

第四章

牛郎织女传说的传承人与传承状况

天河梁及周边牛郎织女传说村落群中民众世代传讲牛郎织女传说，在当地处于村落集体性传承的语境中，传说对当地地名、风物名、人文景观名，节日习俗等有阐释与互文的功能，大多数人都可以讲述牛郎织女传说的主要故事情节和关键性母题。当地民众将故事讲述行为称作“捣瞎话”。其中，有几位“会捣瞎话”的讲述高手可以生动、完整地讲述牛郎织女传说，如村民王秉毅、王继升、冯三等。[1]另有二十余名村民能演唱小落腔牛郎织女剧目。他们作为民间传说重要的保存者、传承者和创作者，在传说传承过程中起到关键性作用。

① 依据访谈记录。访谈对象：聂元龙，男，1947年生，山西省地方志编撰委员会民俗专家；访谈人：侯姝慧、白鹭；访谈时间：2023年7月27日；访谈地点：山西省史志办宿舍聂家。

第一节　牛郎织女传说的传承人

和顺县松烟镇南天池、牛郎峪一带牛郎织女传说流传已久，是传说传承播布地核心区域。当地村民普遍对牛郎织女的传说深信不疑，有很强的地域文化认同感，认为牛郎织女传说就发生在南天池村。结合当地天河梁、天河池、喜鹊山、相思背等自然景观及牛郎庙、织女庙等人文景观，村民们无论男女老幼，都能或多或少地讲述与之相对应的牛郎织女传说的情节。其中部分村民能生动、完整地结合自然风物、人文景观以及习俗信仰，完整地叙述牛郎织女传说，将风物、景观、习俗连缀讲述形成传说完整的情节链。2006年前后，山西省地方志编撰委员会民俗专家聂元龙在南天池村及周边调研，搜集整理牛郎织女传说，认为南天池村流传的有关牛郎织女的传说数量最多，文化内涵丰富，传说讲述人数量最多，讲述质量也最高，其中十余人能较完整地叙述牛郎织女传说，在生活中主动传承，且有创造性传承的趋势和能力。

牛郎峪村村民认为牛郎是他们村的，牛郎峪是牛郎

牛郎织女手稿　白鹭/摄

的故乡，但在调研中发现该村大多数村民并不能详细叙述传说情节，但是对于牛郎织女传说的熟悉度，可谓人尽皆知。青家寨村的村民认为牛郎的舅舅姓青，叫青似海，是本村人。和顺牛郎织女传说中有牛郎舅舅主持分家，后帮助牛郎找到织女的情节，因此，青家寨村也是牛郎织女传说情节链中的重要组成部分。关于牛郎织女的传说，青家寨村民多是概述式情节讲述，叙述语言也较平淡粗糙，民众都说牛郎织女是南天池村的。

南天池村村民王秉毅、王继升、冯三等，牛郎峪村村民青喜荣、曹占民，青家寨村村民刘春生等等，这些人都是牛郎织女传说传承的中坚力量。他们自农民家庭出身，从小就听老一辈人讲述牛郎织女的传说，用心识记，加上生活阅历不断积累，能生动、完整地讲述传说情节。王继升曾是南天池讲牛郎织女传说的重要传承人，还留有牛郎织女传说的手抄本。冯三不仅能完整地讲述牛郎织女传说，还依托地方小戏小落腔自编韵文小调来唱牛郎织女。

牛郎织女传说传承人情况表

村名	传承人	性别	出生年份	文化程度	祖籍	备注
南天池	王文明	男	1924			
	冯和贵	男	1933			
	陈丙魁	男	1940			
	王秉毅	男	1944			已故
	王继升	男	1954	没上过学	河北邢台	省级代表性传承人 已故
	王海生	男	1958	小学	和顺本地	
	冯三	男	1964	小学	河北邢台	省级代表性传承人
	王宝叶	女	1960	小学	河北车古	
	王森林	男	1975	中专	河北路罗	
	王峰河	男	1990		河北邢台	王继升儿子 现居左权
牛郎峪	青喜荣	男	1956	初中	和顺本地	
	曹占民	男	1956			
	崔爱军	男	1960		河北沙河	
青家寨	刘春生	男	1929	没上过学		已故
松　烟	高天红	男	1963			市级代表性传承人

依据田野考察搜集的相关资料发现，牛郎织女传说传承人有以下特点：

1. 以男性为主，女性较少。

2. 祖籍大多是河北的，从河北邢台、路罗、车古、沙河等地迁移到和顺南天池、牛郎峪一带。

3. 都是当地村民，主要集中在南天池村，可以看出南天池村是当地保留、传承牛郎织女传说最集中的村落。

4. 文化程度普遍不高，多是小学、初中学历。

5. 年龄多数都在六十岁以上，传承人年龄偏大，传承断代现象严重。

6. 地方文化人作为新生传承力量的加入，丰富了传说的传承方式，如高天红，他讲述的传说更具文学性，情节完整、语言优美，还参与编排了多种以牛郎织女传说为主题的文艺剧目。

牛郎织女传说传承人肩负着延续传统文脉的使命，还不断地将个性创造融入传承实践活动中，他们以自己的身体行为叙述和传承着牛郎织女的故事，对确保非物质文化遗产的持久传承发挥着不可替代的作用。

2008年6月，和顺牛郎织女传说被列入国家级非物质文化遗产保护名录，在随后的传承人认定工作中，2008年8月，南天池村王继升、冯三被认定为牛郎织女传说项目省级非物质文化遗产代表性传承人，2023年7月和顺县原文化馆馆长高天红被认定为牛郎织女传说项目市级非物质文化遗产代表性传承人。

王继升（1954—2011），男，和顺县南天池村人，祖籍河北邢台。据村民介绍，他从小没上过学，一直帮家里种田、放牛，会讲许多有关牛郎织女的传说，还留存有牛郎织女传说的手抄本。他家可知的传承谱系为王志全、王栓成、王继升、王峰河四代。但王志全、王栓成的相关信息已无法获取。王继升女儿王素萍嫁在本村，如今办起了农家乐，儿子王峰河现已离开南天池，定居左权县。

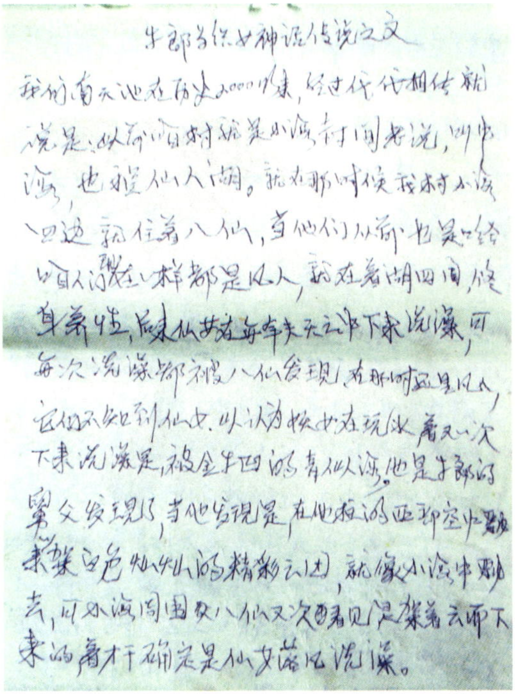

传承人王继升的手抄本

侯珠慧/摄

冯三（1964—），男，和顺县南天池村人，祖籍河北邢台，据说他们祖上迁到南天池村如今已是第八代。他是目前关于和顺县牛郎织女传说，天河梁、喜鹊山、驴打滚等风物传说最权威的讲述者，也是七夕祭祀活动的主祭祀人，当地民众对他也是认同的。因从小生活在南天池，对这里的一草一木、一山一石都如数家珍。他家境贫苦，中学辍学，很早就帮家里干农活，在村里生产队放牛、放羊，从小便和牛羊结下了不解之缘。在跟随祖父冯子兴、父亲冯满贵放羊、牧牛的过程中，老人们通过风物、景观指认与故事讲述相结合的方式，将牛郎织女传说传承给他。

冯三曾说到他们一家世代与牛郎织女传说有难解的缘分，神秘传奇的

省级代表性传承人冯三

侯姝慧/摄

故事时有发生。冯三祖父曾屡次对冯三提起他的一段神奇经历，且坚信自己是遇到了织女娘娘。因为他们老家在河北邢台，所以常从南天池翻山去邢台。有一次在去邢台的路上，他担着扁担走到织女洗澡地方的时候，看到别的地方都是大晴天，就天河池那里是雾蒙天，啥也看不见。他感觉到不对劲，思虑再三，就转身返回了，当天不去邢台了。回家一算日子，这天竟是织女下凡的日期，他认为当然不能坏人家的好事，及时改变行程、避免闯入是明智的选择。但对冯三来说就没有那么幸运了，十一二岁的时候在他身上发生了一个更加离奇的故事，他还因此大病一场。

据他自己讲述："我十二岁的时候就不上学，去放羊了。那时候大人们早已经给我讲过牛郎织女的这些故事，但是我小呢，没当回事。有一次我放羊，就在天河池那边瞎捣乱，在小河滩又拉屎撒尿的。那时候好几个人在晾衣台那儿放羊，我就看见一个女子正坐在晾衣台缝鞋垫呢，心想这是哪里来的女子。那会儿是刚下过雨，天雾气腾腾的。回家就和父亲说我在山上看见个人，跑过去看但是没找到人。父亲一听我这话说，你惹下事儿了。我还说自自己能惹什么事儿。父亲问我在哪里放羊了，我说就在织女洗澡的小河那边。话没说完，我立马就头昏晕倒，不省人事了。父亲惊了，母亲大哭，都害怕我发生意外。后来父亲就拿勺子和红布去天河池那边给我叫魂，直到第二天中午我才醒来，睡了一天一夜，也不知道咋回事。父亲给我说织女洗澡的地方就不能去放羊，不能去那边瞎捣乱。后来农业社让我在家歇息两天，不用放羊了，给我换了别的工作。我醒来的第二天，就在我放羊那地方，有一对羊走得好好的就跪下起不来了，这两只羊腿折了。后来我父亲又去那儿烧香、祭拜。那件事后我身上整个蜕了一层皮。老人们说十二岁是能看见（神鬼）的，过了十二就看不见了。那会儿可是记住了这个教训。”[①]故事的真假终究是无法考究的，也无须辨别真伪，只是在冯三讲述故事的言语之中可以感受到他对这传说信仰的坚信不疑。但这信仰不是凭空而来的，他耳濡目染父辈的种种言行，这些俗信早已在他心里生根发芽，长成了参天大树。

说到家族传承，冯三的父亲是一个不可忽视的角色，他自身虽然没有什么神奇的经历，但他的生活与牛郎织女的生活难以分割。他在田地里刨土豆都能给讲出牛郎种土豆是怎么种的，还连带动作，仿佛自己就是牛郎的化身。来到山上，看到漫山遍野的小花，到山边采一枝山丹花，都会说这是织女最待见的东西。传承人就是如此，走到哪儿就要把故事说到哪儿，路边的小花都能讲出故事，它们早已是传承人的朋友、家人。真实的

① 依据访谈记录。访谈对象：冯三，男，1964年生，和顺县南天池村人；访谈人：侯姝慧、白鹭；访谈时间：2022年8月4日；访谈地点：南天池村冯家。

生活与虚构的传说不再有明确的界限，传承人的生活就是传说本身。

作为牛郎织女传说的传承人，他更是把七夕敬神作为一项重要事务来看待。每年七夕大早上天还未亮的时候，他就要去牛郎庙、织女庙烧香。说是要在没有人声的时候来焚烧安静香，还要念叨自己独特的祭文，以此来表达对神灵的敬畏、崇拜。初七上午要主持迎接织女回家的祭祀仪式，到了七月十五主持送织女回天庭的祭祀仪式，他承担主祭祀人的职责。每逢七夕过节的时候，他还会和村民们一起唱牛郎织女戏，积极传承地方曲艺——说唱韵文“小落腔”。

高天红（1963—）[①]，男，山西和顺松烟镇人，1980年到县文工团工作，后一直在县文化馆从事唱演、编曲、乐器演奏、节目编排等文艺工作，2003年任职县文化馆馆长。在近四十三年的工作经历中，他不仅组织了大量群众文艺活动，培养了大批艺术人才，主持了各

① 依据访谈记录。访谈对象：高天红，男，1963年生，和顺县松烟镇人；访谈人：白鹭；访谈时间：2023年8月28日；访谈地点：和顺县非遗中心。

访谈传承人高天红

郜永亮/摄

级非物质文化遗产项目的申报工作，参与编辑了多部著作，如晋中文化生态保护区非物质文化遗产丛书《和顺牛郎织女文化》《凤台小戏》《夫子岭弦腔》等，还参与编排了多种文艺剧目，如新编晋剧《鹊桥会》、舞剧《牛郎织女》、歌舞《天池相会》、大型情景剧《牛郎织女》等等。

据他介绍很小的时候就常听人们说起牛郎织女的传说，只是随着弘扬科学、破除迷信的时代号召，这些神鬼传说慢慢淡出了民众视野。2005年国家重视非物质文化遗产保护以来，南天池村一带牛郎织女传说的文化价值受到重视，他曾多次参与调研、考察，对于牛郎织女传说及相关的风物、景观传说烂熟于心。作为和顺资深的文艺工作者，他更善于将牛郎织女文化与文艺表演相结合，以演艺方式助推牛郎织女传说的传承。

第二节　牛郎织女传说的传承方式

口头传承是天河梁牛郎织女传说最传统的传承方式，在南天池、牛郎峪一带形成了一个以牛郎织女口头传承为集体记忆的传说村落群。这里除了口头传承黏附在一系列地方风物景观上的传说之外，更为鲜活的是在这个传说村落群的中心地带，每逢农历的七夕节，还流传有祭祀牛郎织女的风俗活动，还有农村民间艺人代代相传，用当地的民间曲艺传诵牛郎织女口头遗产。所有这些都成为牛郎织女文化传承最有代表性的文化要素。

一、口头传承

从牛郎织女传说传承的田野调查可以看出，在南天池、牛郎峪一带的传说村落群，与牛郎织女相关的传统民间文化活动集中展现，在这里已经形成了一个以牛郎织女口头传承为集体记忆的文化空间，民众在不停地用多种形式重复展演和传承着牛郎织女文化遗存。尽管大多数村民不能完整讲述传说的具体内容，但是都可以说道几句关于牛郎织女的传说，都会指着村东的天河梁说是王母娘娘为分开织女与牛郎划的天河，指着天河池讲述牛郎偷取织女神衣的故事，指着牛头山叙说老黄牛撞山而死，以自己的生命帮助牛郎追织女的情节。

口头传承是和顺牛郎织女传说最重要的传承方式，这里世代传承的传说有一个显著的特征，就是传说中的事件、人物与当地的地理环境、自然风物具有紧密黏附性，即口头传说与当地的古地名、山名及文化景观等一一对应。自古以来民众凭借当地自然地理特征、历史环境等因素，受内在情感的驱动不断演绎牛郎织女传说情节，为这里的空间物质赋予记忆与情感，成为记录传说的物质载体，如南天门、天河梁、相思背、天河池、驴打滚、哪吒塔、喜鹊山、凤冠山、牛头山、牛郎庙、织女庙等等。当地民众以口传心授的方式讲述、传承牛郎织女传说，总是对应以当地的实地、实物进行解说，这些地方风物遗迹印证了牛郎织女口头传说的“可信性”，成为他们记忆与情感的映射并延续其文化生命力。

二、节俗传承

在南天池村，民众亲切地称牛郎织女是“咱村的”，说牛郎织女七夕相会是“织女回家”。因此，七夕节自古就是当地重要的节日，受时代影响，这一古老习俗曾在很长一段时间里几乎被废弃了。随着非遗保护浪潮兴起，牛郎织女传说受到越来越多的重视，七夕风俗也重归民众生活，届时远近乡邻成群结队前来观看迎接织女回家的祭祀仪式，游览牛郎织女景区的风景和相关遗迹。

迎织女

一般在七夕前几日，各家都要打扫庭室，清除灰垢，贴窗花、挂灯笼，迎接织女回家。七夕当日是南天池村民们最欢喜、最忙碌的一天，主要的活动就是举行迎接织女回家的祭祀仪式，祭祀的主要时间段是上午九点到十一点，具体流程如下：

祭祀准备　由传承人冯三做主祭祀人，准备时令瓜果做供品，如苹果、桃子、葡萄、饼干、面包等，同时要备好红布、黄布、黄麻纸、香烛、鞭炮等祭祀用品。村中的小落腔剧团是祭祀的主力，由敲锣、打鼓、拍镲、吹唢呐的四人组成鼓乐队，唱小戏的三位主角扮演三位道仙，分别着绿衣、蓝衣、黑衣戏服，手持拂尘，拂尘在道门中有拂去尘缘超凡脱俗之意，是道门中人随身携带之物。还要从村里选六位村妇着统一的节庆服饰作为敬献供品的侍女，侍女没有年龄限制，只要是南天池村女子都可自愿参与。

牛郎织女庙祭拜　九点从村出发，主祭祀人手拿托盘排在队伍最前面，托盘由一块红布整体盖着，上面放着黄麻纸和香烛，紧跟后面的是鼓乐队、三位道仙、侍

祭祀队伍　白鹭/摄

女，依此顺序排成一列走向村东山上的牛郎织女大庙。到了庙前，主祭祀人给庙门挂红布，而后燃放鞭炮，以此敬告诸位神灵南天池的子孙来祭拜了。敬献供品的侍女手托供品在庙门口排成一排，主祭祀人手持托盘一一接供品送至供桌上摆放。送最后一盘供品时，他要站在庙门口向四方天地鞠躬、行拜礼。上供同时，三位道仙在庙内辅助祭祀人，在牛郎织女神位前的香炉里燃一整束线香，点燃三根红烛，而后行叩拜礼。上供完成后，主祭祀人在庙门口燃黄麻纸，行叩拜礼。接着要给神位换神旗，去旧换新，每年更换一次。神旗由红布、黄布组成，以黄布绕神位顶端，兼做两侧飘带，后红布盖于神位顶端黄布之上，以作装饰，换神旗完成。此时再次燃放鞭炮，以此告慰神灵敬神戏要开演了。

敬神戏出演的是小落腔韵文，鼓乐伴奏声起，绿衣、蓝衣、黑衣三位道仙依次上场，口念祭文，行祭礼。首先是绿衣道仙手甩拂尘上场，走到正对庙门位置站定，开始吟诵祭文："远看一庙堂，不是关公是二郎。关老爷单刀来赴会，二郎担山撵太阳。"诵完，行三次抱拳、鞠躬的拜礼，立于庙门左侧。接着是蓝衣道仙手甩拂尘上场，庙门正前方站定，吟诵祭文："高高山上一清泉，一棵椴木盖得严。谁要用了清泉水，能活长寿不老仙。"诵完，两位道仙一同行三次抱拳、鞠躬的拜礼，立于庙门左右两侧。最后是黑衣道仙手甩拂尘上场，走到庙门正前方，吟诵祭文："一匹白马上了山，一没笼头二没鞍。谁能解开白马意，不成佛祖成神仙。"诵完，三位道仙一同行三次抱拳、鞠躬的拜礼，而后下场，敬神结束。

大庙祭拜完，到天河池坡上的牛郎庙、织女庙分别祭祀。主祭祀人手

换神旗 白鹭/摄

持托盘，上面放着红布、黄麻纸和线香，先给牛郎庙庙门挂红布，后燃香、烧纸、叩拜，再给织女庙挂红布、燃香、烧纸、叩拜。燃放鞭炮，敬神戏在天河池边开演，鼓乐伴奏声起，绿衣、蓝衣、黑衣三位道仙依次上场，口念祭文，行祭礼。祭祀结束，众人按来时队伍的顺序排成一列返回村中。

官房庙、土地庙祭拜 回村先到官房庙，主祭祀人给庙门挂红布，接着给供奉的天神、地神、水草大王依次上香、燃红烛、烧纸、行叩拜礼。燃放鞭炮，鼓乐声起，三位道仙依次上场，口念祭文，行祭礼。接着到土地庙，按同样仪式祭祀，至此迎接织女回家的祭祀仪式全部结束。据主祭祀人冯三讲述，“之所以进行如此繁杂的祭祀，是因为织女是天上的仙女，要迎接织女回家不是那么容易的，必须要敬告天上诸神，村里每座庙的神灵都要逐一祭拜才行。”①

织女迎回了南天池村，到了晚上，民众会举行更加丰富多彩、热闹红火的家祭活动。家家户户在院子里朝南方向，摆上桌子或案板，供品就选当地新出的农产品七样且每样的数量也是七，如杆茎一起煮熟的毛豆七枝、带苞叶煮熟的玉米七段、南瓜七瓣、土豆七个，梨七瓣、苹果七瓣、核桃七颗等等，烧香放鞭，家中儿女都要朝向银河方向祭拜。

“看天”的习俗由来已久，站在村边高处看天河、卜收成，如果天河

① 依据访谈记录。访谈对象：冯三，男，1964年生，和顺县南天池村人；访谈人：白鹭；访谈时间：2023年8月22日；访谈地点：南天池村。

明亮，星光闪耀，就预示着这一年有好收成。据村民王海生说，“咱这里平常夜晚银河是东西向的，七夕晚上银河就变得与天河梁平行同向了。”[①]孩子们在院子里吃着瓜果、看着银河，围坐在老人身边，不厌其烦地听他们讲述从上一辈爷爷、奶奶口里听到的牛郎织女故事，背诵那些耳熟能详的歌谣。深夜时分，悄悄潜伏在葡萄架下，天河池旁椴树背后，倾听牛郎织女的相会，据说还真能听到牛郎织女的窃窃私语和织女的泣涕涟涟。所以每逢七夕夜晚都会下雨，据说是牛郎织女互诉衷肠的相思之泪。

乞巧

乞巧是七夕节的重要内容，和顺乞巧的形式很多。据民国《和顺县志》记载，“七夕处女用瓦器生五谷芽供牛女乞巧”[②]。届时，村民们把麦粒、黄豆、绿豆等浸在瓦器中，上面蒙着湿布每天还需用冷水过滤一次，

① 依据访谈记录。访谈对象：王海生，男，1958年生，和顺县南天池村人；访谈人：白鹭；访谈时间：2023年8月22日；访谈地点：南天池村党群服务中心。

② 民国《和顺县志》，中国方志丛书·华北地方·第408号，成文出版社有限公司，1976，影印本，第286页。

几天便长出巧芽来，其形有如针形者，有如剪形者，有如刀剑形者，有如双斗旗杆形者，种种不一，以观巧芽成影的方式向织女乞巧。未婚女子参与这样的活动，反映了民众对待神灵的态度，他们普遍认为身心纯洁的人才可以与神灵对话。这也是民间生育信仰的一种折射，寓意向织女祈求婚姻美满、多子多福。

巧花也称花花，常作为七夕节祭祀的供品。做花花的面粉，一般有两种，或白面和玉茭面，或白面和黄米面，这样炸出来的花花红白相间，非常好看，吃起来香甜可口。做花花也是乞巧的一种形式，心灵手巧的女子可以做出几十种花样，谁做的花样越多表示越得“巧”。

据村中老人们讲，当地还流传一种特殊的乞巧习俗，民众用当年生长出来的草秸编成一座桥，配以牛郎、织女、男孩、女孩、老牛、喜鹊等织物，放置案头。有的用彩纸剪成上述人物、动物，贴于墙上。祈祷后，再拿七根绣花针，用彩线穿孔，能一次穿过七根针者，就算乞得了“巧”。①

其实所谓乞巧就是女子祈求手巧，擅长女红，直到现在仍传说，姑娘们养蚕织绸的技巧都是织女从天上传下来的。和顺女子向来以擅长裁缝、刺绣为美，其根源要上溯到古代社会约束女子的道德规范——“三从四德”，“四德”指妇德、妇言、妇容、妇功。妇功即女红，旧时指女子所做的针线、纺织、刺绣、缝纫等手工和手工制品。因此女红成了衡量女子贤良的重要标准，对婚后生活也颇有影响，这就是七夕乞巧一直被推崇的缘

① 范乃文编《和顺文史》，中国文史出版社，2009，第22页。

刺绣鞋垫　白鹭/摄

勾花织物　白鹭/摄

由了。正如民间传唱的歌谣："天皇皇、地皇皇，俺请织女下天堂，不图你的针，不图你的线，光学你七十二样好手段。"

在和顺流传着一种婚俗，男女定亲以后，女子要为未婚夫绣鞋垫，鞋垫的绣样繁多，有龙凤呈祥、凤凰牡丹、鸳鸯配等各式花样，绣法也分为丝线牵绣和十字绣法。配色鲜艳、绣法精妙，不失为一种技艺精湛的针绣工艺品。如今时兴女方亲戚朋友共同为一对新人绣鞋垫，无形中也是一场绣艺比拼，这一针一线中寄托着家人们对姑娘的牵挂与不舍，对新人婚后幸福生活的祝福与祈盼。

送织女

七月初七牛郎织女相会，七月十五就到了分别的日子，这一天南天池村要举行盛大的恭送织女回天庭的祭祀活动。"这送织女比迎织女更重要，因为要送人家回天上呢，可不能让王母说咱们怠慢了织女，不能让天神们降罪咱凡人。"冯三如是说，祭祀的主要时间段是上午九点到十一点，具体流程如下：

祭祀准备　此次祭祀要准备当地盛产的七样果蔬做供品，每样都以七计数，除了水果，其余的都要煮熟了才可上供，如杆茎一起煮熟的毛豆七枝、带苞叶煮熟的玉米七段、带皮蒸熟的南瓜七瓣、煮熟的土豆七个，梨七瓣、苹果七瓣、核桃七颗等。同时要备好七种野花、黄麻纸、香烛、鞭炮等祭祀用品，还有两个包着红橙黄绿青蓝紫七色布条的红包袱。鼓乐队、三位道仙、敬献供品的侍女亦如迎织女的排场，只是侍女的数量要更多。

官房庙、土地庙祭拜　上午九点送织女的祭祀仪式开始，首先到村里的官房庙祭拜，主祭祀人冯三手拿摆放黄麻纸和香烛的托盘走在祭祀队伍最前面，紧随其后的是鼓乐队、三位道仙、侍女。到了庙前，主祭祀人先进庙燃香、点红烛，后侍女敬献供品。上供后，主祭祀人燃黄麻纸、行叩拜礼，众人行拜礼。而后燃放鞭炮，鼓乐伴奏声起，绿衣、蓝衣、黑衣三位道仙依次上场，口念祭文，行祭礼。此次祭文与之前不同，“七星剑拔开天门锁，明晃晃露出众神仙。青毛狮子白毛象，莲花台上坐着观圣音。”“一头黄牛上了山，一没笼头二没鞍。谁要解开黄牛意，不成佛祖成神仙。”“神云出洞来，鲜花遍地开。天鼓一声响，显出大仙来。”祭拜结束来到土地庙，按同样的祭祀程式，给土地公公和土地婆婆上香、燃红烛、上供、烧黄麻纸、行叩拜礼、唱敬神戏，之后众人按来时的队列去往村东的牛郎织女大庙。

牛郎织女庙祭拜　到了庙前，主祭祀人先进庙清理神位、供桌，燃香、点红烛，后燃放鞭炮，以此敬告诸位天神。敬献供品的侍女在庙门口等候，主祭祀人用托盘一一将供品送至供桌，每次上供都要在庙门口向四方

官房庙祭祀　白鹭/摄

牛郎织女庙祭祀　白鹭/摄

天地行拜礼。三位道仙在庙内摆放供品，上供结束在牛郎织女神位前燃一整束线香，燃黄麻纸、行叩拜礼。之后，主祭祀人在庙门口燃黄麻纸，行叩拜礼。此时再次燃放鞭炮，鼓乐伴奏声起，绿衣、蓝衣、黑衣三位道仙依次上场，口念祭文，行祭礼。祭文依旧是小落腔韵文，吟诵完，三位道仙一同行三次抱拳、鞠躬的拜礼，而后下场，敬神结束。

大庙祭拜后，再到天河池后坡上的牛郎庙、织女庙分别燃香、烧纸、叩拜。主祭祀人手持托盘，上面放着一对红布包袱，里面是红橙黄绿青蓝紫七色布条，据说这是给织女准备的新衣服，连同七种野花一起放置于椴树下天河池边。而后，三位道仙辅助祭祀人给椴树挂红布、绿布，缘由一说是椴树的石缝中居住着红、绿两位蛇仙，还有说是常见红色云霞两丝掠过天河梁，到了天河池边就窜入水中，民众认为这是牛郎织女的化身。接着燃放鞭炮，鼓乐声起，敬神戏在天河池边开演，至此恭送织女回天庭的祭祀活动结束。

传统多样的风俗活动，不单是祭拜牛郎、织女，更多的是表达民众对大自然的敬畏、崇拜，对美好生活的期盼。女子祈求心灵手巧、婚姻美满、多子多福，反映了她们对婚姻、家庭的态度和观念，具有重要的文化意义和社会意义。

三、演艺传承

在天河梁周边村落有许多关于牛郎织女的民谣俗语、唱词韵文，内容质朴、生动而且充满想象力。如有关天河的民谣，“划天河、划天河，一道天河，九道弯。头道窄，二道宽，三道弯里跑天马，四道弯里能乘船，五道弯里庄稼汉，六道弯里能种田，七道弯里是庙宇，八道弯里会八仙，九道弯里长桃树，四棵酸来五棵甜。”①

在南天池村有一个村民自发组织的小落腔剧团，每年七夕节，他们最常表演的曲目就是《南天池永唱牛郎织女》，演绎牛郎织女传说在这里的独特魅力。除此以外，每年正月十五元宵节，此地仍保留唱戏敬神的风俗，主要演唱的戏本有才子戏《吕蒙正赶斋》、二十四孝故事《卖苗郎》和《探亲》等。这里唱戏还有一个特别之处，不论演唱什么戏文，唢呐开场过门之后，演员必须要吟诵一段韵文“喜鹊好，喜鹊好，喜鹊展翅搭天桥。牛郎织女天桥过，不知天桥牢不牢。”众人会齐声附和喊道：“牢！”

除了乡村里小落腔剧团演绎的传统牛郎织女戏，和顺县牛郎织女艺术团、和顺县晋剧院承担了更大的传承地方文化的责任。近年来他们将牛郎

① 访谈对象：刘春生，男，已故，和顺县青家寨村村民；访谈人：白鹭；访谈时间：2012年9月25日；访谈地点：青家寨村刘家。

织女传说与地方曲艺相结合，创编了以牛郎织女文化为主题的多种舞台表演剧目，如新编晋剧《鹊桥会》、舞剧《牛郎织女》、歌舞《天池相会》、大型情景剧《牛郎织女》等。每届牛郎织女文化节，都会表演多种类型的牛郎织女主题文化演出。每年的正月十八社火节县里组织的文艺游行活动，即春节文艺会演，也都有以牛郎织女为主题的表演节目。

和顺牛郎织女传说与当地自然地理环境、人文景观等相结合，并以七夕风俗、祭祀、演艺活动贯穿于民众的生活世界，共同组成一个完整的文化空间，成为民众生活记忆多元形态的载体。牛郎织女传说宣扬忠贞不渝的爱情价值理念，借助传说的口头讲述、风物景观的印证、七夕节俗、文艺活动的展演，不断渗透进民众的情感世界与精神生活，成为当地重要的文化象征。如此不仅丰富了牛郎织女传说的传承样态，而且为牛郎织女口头遗产的绵延发展提供了活态的生存场所与文化语境。

第三节　式微与转型：民间传说传承的价值转化

随着全球化趋势的加强和现代化进程的加快，我国的文化生态发生了巨变，民间文化遗产受到越来越大的冲击，牛郎织女传说“口传心授”式的传统传承呈现出衰落状态，同时面临传承方式与新时代脱节、传承人断层等问题，亟待从传承转型、培育新生传承力量等方面做出新的尝试。

口头传承的衰落

牛郎织女传说在天河梁周边地区的流传离不开民众的口头传承，“口传心授”是民间传说留存、传承的保证。那些被村民称为“会搗瞎话”的讲述者，能生动、完整地讲述故事情节，但大多是六十岁以上的老人，且文化水平较低，无法满足传说在新时代传承的需求。牛郎织女传说的传承人断层严重，后继乏人。

在过去的乡村生活中，南天池、牛郎峪一带的民众祖祖辈辈都以种田、放牛为生，人们在田间劳动或闲暇时候，讲传说故事就是他们日常生活的一部分。目前现代传媒技术所带来的丰富多彩的节目及直接的视觉冲击感，改变了乡村生活，这种巨变使民间传说在民众的精神生活中几乎无立足之地。

文本传承的扩展

和顺没有任何有关牛郎织女传说的文献记载，只南天池村民王继升曾保留有牛郎织女传说的手抄本，是极珍贵的原始文本资料。但手抄本存在字迹模糊、语句不通、内容缺失等问题，根本无法在民众中普遍流传。为了更好地传承和顺牛郎织女传说，县文化部门曾多次组织地方文化学者到南天池、牛郎峪一带进行实地考察，搜集整理了许多有关牛郎织女的传说、歌谣、民风民俗，并对这些调查资料整理、加工，使之以文字、音像、电视节目等多种形式向外传播，这对和顺牛郎织女传说的传承发展具有极大的推动作用。现已出版了《和顺牛郎织女民俗文化展示》《中国牛郎织女文化之乡——和顺》《和顺县文化艺术志》《和顺牛郎织女文化》《媒体聚焦和顺2005—2009》《大美和顺——中国和顺·第四届牛郎织女文化旅游节书法美术摄影作品集》《牛郎织女》等音像资料和书籍。其中的内容包括文化人整理、加工过的牛郎织女传说文本，其他与牛郎织女相关的地名、景物名等地方风物传说，七夕节日风俗，还有关于和顺牛郎织女传说的考察报告、研讨论证等。和顺电视台曾推出一档《和顺讲堂》节目，讲述过《七夕文化考释》，主要内容就是阐述和顺的牛郎织女传说与七夕风俗。

为拓展牛郎织女文化的传播，和顺县制定了牛郎织女文化进校园的方案，向全县中小学赠送了《牛郎织女传说》图书五千册，对青少年进行地方传统文化教育，从而增强年轻人对传统民间文化的认同，以促进牛郎织女文化的现代传承。

从传承人到传说制作者

地方文化人自身对民间文化怀有热爱之情，同时还有传承民间文化、弘扬优秀传统的责任感。他们广泛查阅相关的文献记载，运用自身文化知识对考察搜集到的有关牛郎织女传说的文化资料进行加工、再创作，使其获得了除口头讲述以外的传承方式，如书籍、音像、绘画、摄影、戏剧、电视节目等。地方文化人加工、创作的牛郎织女传说文本，既遵循了口头传统的核心母题与情节，又使传说情节更加符合“历史真实”，使牛郎织女传说与地方风物高度契合。同时，文化人加工、创作的牛郎织女传说再传播到乡村，更加符合乡村的现代文化结构，有助于增强传说在民间的可信性，激发民众对传说的兴趣，为牛郎织女传说流传提供的新生传承力量。

文化精英的传承实践以地方标志性文化符号和地方文化认同感的建构为主要目的，而普通民众的传承实践则围绕日常生活展开。和顺的地方文化精英与普通民众一同将牛郎织女传说打造成本地区的标志性文化。

七夕节俗与牛郎织女文化节

近年来，随着文化旅游的不断升级，传统民俗节庆逐渐成为文旅经济的新亮点。七夕节中蕴含的祈福许愿、乞求巧艺等传统文化内涵，和浪漫、情人节等现代时尚元素，成为七夕节庆旅游开发的创新点，山西和顺、山东沂源、河北邢台等多地举办了以七夕为主题的文化旅游节。传统节庆的保护和旅游开发有助于弘扬中华民族传统文化，推进文化旅游融合发展，提升地方文化品牌的知名度和美誉度。牛郎织女文化节是和顺县政府旨在打造特色文化名片，带动群众脱贫增收而举办的文化活动。

新媒体助力

在媒体融合急速发展的背景下，加快构建线上线下一体联动的宣传舆论格局，利用好数字技术、互联网平台，才能让更多像牛郎织女传说这样的中华优秀传统文化变得生动、立体、完整，不断提高文化影响力。

和顺对于牛郎织女文化节的开发，充分利用了现代传媒跨领域传播的优势。每年七夕前后文化节开幕，当地政府都会召开牛郎织女文化节新闻发布会并邀请省内各大报社前往和顺采风，宣传和顺牛郎织女文化，以提高和顺的知名度。在第十届文化节期间，和顺牛郎织女文化曾登上中央电视台一套的《传家》节目，节目特别邀请了中国科学院国家天文台研究员郑永春、中国民间文艺研究所所长王锦强以及和顺文化馆馆长高天红共同探讨牛郎织女文化。此外，央视频APP、《传家》官方抖音号平台直播了和顺县南天池村的七夕民俗活动，与全国人民共享和顺七夕的故事和传说。

文化节期间，县政府借助山西卫视融媒体频道直播室积极宣传和顺本地品牌，如苦荞茶、苦荞面、木耳、莜麦等和顺特色农产品，“婚嫁系列”特色手工文创、“牛郎织女”剪纸系列产品等。政府鼓励、支持民众，企业利用在快手、抖音等短视频平台直播，不断拓宽农特产品销售渠道，为全县农特产品销售注入活力。

第五章

牛郎织女传说的保护和扶持

和顺牛郎织女传说的发现缘起于河北邢台的爱情山，邢台方面称爱情山是牛郎织女故事的发生地，并已着手进行旅游开发。和顺原县委书记侯文禄到河北邢台考察时得知在晋冀交界处的天河山一带流传着牛郎织女传说，且有三分之二的地域名称在和顺境内。经过省内外专家学者来和顺实地考察论证，确认牛郎织女传说在太行山中段，以天河梁为中心，方圆二十公里的晋冀交界处，即和顺县松烟镇南天池、牛郎峪一带流传已久。随着“牛郎织女”起源地研讨会及新闻发布会的举行，申报“中国牛郎织女文化之乡”、申报非物质文化遗产等工作紧锣密鼓地展开，牛郎织女传说的旅游开发等事宜逐步提上日程。

第一节　和顺牛郎织女传说的挖掘与品牌文化的打造

2005年，和顺县委、县政府认真贯彻落实《国务院办公厅关于加强我国非物质文化遗产保护工作的意见》，在全县范围内展开非物质文化遗产的挖掘、抢救、保护工作。2006年6月初，县扶贫局局长刘爱庆在网上发现中国民俗学专家陈玉明经调查研究，从地名、山名以及风土人情、民俗习惯，推断认为牛郎织女传说发源于太行山中段，河北邢台与山西和顺交界处天河山一带，且有三分之二的地域名称在和顺境内。得此消息，和顺县原县委书记侯文禄迅速带领县委领导和工作人员到松烟镇天河梁一带进行实地考察，发现在南天池、牛郎峪村一带，确实流传着牛郎织女传说，相关文化遗存保存得也非常完整。

与此同时，相邻的河北邢台在天河梁一带已成功打造出“中国爱情山”文化旅游品牌，天河山位于河北省邢台市信都区，2006年7月30日被中国民俗学会命名为“七夕”文化研究基地，被中国民间文艺家协会命名为“中国七夕文化之乡”。

2006年8月开始，和顺县政府多次聘请省内外民俗专家学者来和顺调研，经过实地考察和多次研讨会论证，确认牛郎织女传说在和顺县松烟镇南天池、牛郎峪一带流传已久。8月28日由和顺县委、县政府组织的“牛郎织女”起源地研讨会及新闻发布会在太原举行，消息一出立即引起热烈关注。

9月，和顺县政府出台了《关于保护“牛郎织女”传说起源地的实施方案》，在牛郎峪、南天池一带三十公里内建立保护区，保护古地名、景观及传承人，成立了和顺县“牛郎织女”爱情故事发源地保护领导组，探索保护与开发牛郎织女文化资源的途径：一是积极申请“牛郎织女文化保护地”的官方认证；二是对牛郎织女文化保护区内的相关风物、景观进行原生态保护，抢救已破坏景观；三是组织专家学者对牛郎织女传说流传地进行深入考察、研究；四是通过电视、报刊、互联网等媒体形式进行广泛宣传，提高知名度。

2006年12月13日，中国民间文艺家协会命名山西省和顺县为“中国牛郎织女文化之乡”。2007年7月22日，在北京人民大会堂举办了首届中国（和顺）牛郎织女文化旅游节新闻发布会，和顺声名远扬，保护开发牛郎织女口头遗产的工作有序进行。

2006年北京新闻发布会　和顺县摄影协会/供

“牛郎织女文化之乡”授牌晚会　和顺县摄影协会/供

第二节　牛郎织女传说的非物质文化遗产保护

2006年，响应国家非物质文化遗产保护的号召，为弘扬民族传统文化，大力抢救、保护和开发利用地方文化资源，和顺县政府积极组织成立非物质文化遗产普查小组，在全县范围内展开传统文化摸底工作，特别是对松烟镇南天池、牛郎峪村一带的考察取得了很大成果，搜集整理了大量有关牛郎织女的传说、韵文、节俗等文化资源，并积极开展申报省级非物质文化遗产名录的工作。2006年12月18日，和顺牛郎织女传说入选山西省第一批省级非物质文化遗产名录。2008年3月28日，和顺牛郎织女传说入选晋中市第一批市级非物质文化遗产保护名录。2008年6月7日，和顺牛郎织女传说入选第二批国家级非物质文化遗产名录。2010年1月21日，牛郎织女传说入选和顺县第一批县级非物质文化遗产名录。

和顺县文化部门多次组织专家学者对南天池村、牛郎峪村一带的牛郎织女传说进行详尽的考察和记录，成立专项普查组进行田野调查，并对善于讲述牛郎织女传说的老人录音、录像，建立档案，同时将整理的传说文本编印成书。还建立了与牛郎织女传说相关的自然与人文载体的保护目录，进一步挖掘与牛郎织女传说有关的自然与人文符号，以技术手段对原始符号进行抽象性恢复，保护实体文化符号等。和顺牛郎织女传说，为我国非物质文化遗产的保护，为民间传说的研究提供了一个鲜活的案例。

南天池村文化服务中心　白鹭/摄

2009年6月，山西省文化厅授予和顺县为“山西省民族传统节日（七夕节）保护示范地”，将七夕节与牛郎织女传说形成联合保护模式。2012年，“牛郎织女传说”入选晋中文化生态保护项目，2013年，和顺县牛郎织女传说传习所成立，县文化部门邀请专家学者对牛郎织女传说进行了深入挖掘、整理、研究，拍摄记录了南天池牛郎织女祭祀仪式并对地方戏小落腔剧目演出及祭祀活动仪式进行了规范培训。2014年，和顺县非物质文化遗产综合传习所成立，建立非遗展厅，其中牛郎织女传说是重要的展览项目。此后，非物质文化遗产的保护和传承与地方文旅事业进行了越来越深度的融合。

和顺非遗传习中心　白鹭/摄

第三节　文旅融合背景下牛郎织女传说的价值发酵

近年来，在文旅融合的大背景下，非物质文化遗产作为中华优秀传统文化的重要组成部分，已成为许多地区发展旅游的重要文化资源，“非遗+旅游”迎来了难得的发展机遇和更广阔的市场前景。和顺牛郎织女传说是集地域特色、文化传统于一体的地方文化资源，在此基础上开发文化旅游，不仅可以拉动地方经济发展，创建地方文化品牌，而且有助于促进牛郎织女文化的现代传承。

2006年以来，和顺县立足基本县情，依据发展形势，制定“把和顺建设成为山西别具特色的生态旅游避暑名县”的发展目标，并着重提出“文化活县”创新战略构想。依靠主打牛郎织女文化品牌，用文化的魅力搭建招商引资的平台，开创了和顺对外交流合作的新窗口。

从2007年7月至2023年8月，和顺已经成功举办了十二届牛郎织女文化旅游节。在文化节期间，各种节庆活动隆重举行，一般都有大型的文艺演出、民俗婚庆表演、传统民间文艺会演、地方名吃及土特产品展销等，同时还有乞巧布艺作品展，主要有手工艺品、剪纸、刺绣、布制玩具、布制装饰品、布艺贴花、布制日用品、吉祥物等等。这些活动为弘扬传统民间文化，深入挖掘牛郎织女文化资源，打造具有和顺地方特色的“七夕”文化基地，发展文化产业，为实现经济社会新跨越而营造良好的文化氛围进行了新尝试。同时政府还对南天池、牛郎峪一带与牛郎织女有关的地方风物及景观进行了规划和重建，促进了牛郎织女传说在当地更好的保护与流传。

在这里牛郎织女传说不仅是地方旅游文化资源，更是政府打造地方文化品牌、推动地方经济发展的资本。“文化搭台，经济唱戏”的发展模式，文化与经济两者互为补充，相辅相成。在牛郎织女文化品牌的引领下，一批企业集团落户和顺进行文化旅游产业开发，如北京禾和有限责任公司投资开发阳曲山生态文化旅游景区，北京永特投资有限公司投资开发牛郎织女文化景区。随着一个个外来投资商在和顺落地，一个个文化景区的开发建成，一个以传统文化引领，以自然生态开发为龙头的合山、阳曲山、云龙山、太行大断裂带、牛郎织女文化，即“三山一带一文化”的文化旅游格局已然形成。

2022年，和顺围绕“产业兴旺、生态宜居、乡风文明、治理有效、生活富裕”乡村振兴总要求，积极开展创建乡村振兴示范工程。文化振兴是乡村建设之魂，以牛郎织女传说为引领，突出地方文化特色，南天池村狠抓配套设施建设和村容环境整治，成功打造为省级乡村振兴旅游示范村。既要充分发挥和顺生态和“牛郎织女文化之乡”品牌优势，加强与河北邢

文化节工艺品　白鹭/摄

农家乐·烧烤营地　白鹭/摄

农家乐·民宿　白鹭/摄

州集团、邢台银汉公司合作开发鹊桥文化生态园，又要持续推进南天池及附近村落的乡村旅游，着力开发特色旅游产品，打造生态旅游民宿，不断提升旅游新体验。

南天池村按照“党支部+村集体经济合作社”的发展模式，投资建起由村级经济组织合作社统一管理运营的烧烤营地，开拓夜游新领域，在发展壮大村级集体经济上迈出了新步伐。村中新建、改建的民宿，从规模和接待服务质量上都有了很大提升。为丰富游客的观赏体验，全面了解牛郎织女文化，建立了融合文化活动室、牛郎织女文化展示厅、演艺室为一体的综合文化服务中心，全面立体展示以南天池村为轴心半径二十至三十公里牛郎织女传说村落群的乡土风情。还将打造集旅游、购物、文化体验为一体的牛郎织女文化街，建设天河梁通道，修缮南天门，扩建天河池，牛郎织女景区全面升级，推动“牛郎织女文化之乡”品牌大放异彩。

现如今文化消费追求的是“感性和知性的质”的拓展，人们希望在旅游体验中得到精神层面的收获，这就要求旅游开发者能提供更有文化质感的项目，非遗的体验性、文化内涵与旅游有着天然的密切联系。目前，牛郎织女景区对于牛郎织女文化的呈现略显“标签化”，并没有形成主题，旅游开发者对于牛郎织女传说这项非遗的了解和认识还不够深入。如何对非遗资源进行专业的开发，为旅游注入更加优质、更富吸引力的文化内容是值得深思的问题，可以从以下几方面作出尝试：一、打造专题化、体验式的文化场所，不同主题的非遗展示体验场所，注重非遗项目的互动体验，安排游客互动环节，这样的互动将会赋予景区更深沉的文化内涵、更丰富的游览内容、更充实的心灵体验；二、探索情景化、沉浸式的展演展示形式，静态景物与动态展演相得益彰，传统文化和真实生活场景相互融合，满足游客“既熟悉又陌生”的感官体验和认知探索；三、建设个性化、非遗特性的农家民宿，推出融合牛郎织女爱情文化的以“体验农家生活、回归生态田园”为主题的农家风情项目。

同时，当地非遗保护部门应致力于培育一批适宜与旅游结合的传习所、工作室和有潜力参与旅游推广的传承人群，开发具有互动性和适合向大众普及的非遗体验活动，有利于大众对非遗产生更好的价值判断，培养和提升人们对非遗的情感，为非遗传承发展吸纳后备力量。

牛郎织女文化节

白鹭/摄

跋

为了以更近的距离了解和顺牛郎织女传说文化，赶着“七夕节”的盛会，我们师生二人又一次来到南天池村。十多年前来时，乡镇公路很差，坑坑洼洼且坡陡弯急，舒适便利的轿车等交通工具根本上不去。要想去村里，只能在青家寨找摩托车或三轮车搭载。那一回是在附近村民的帮助下好不容易才到了这个号称“人间云霄”的南天池村的。

南天池是一个名副其实的小山村，独踞群山怀抱之中。因地处偏远山区，交通不便，这里的人们保持着无事不出山门的习惯，常年从事农业生产劳动，过着靠天吃饭的日子。村里的旧房子基本是石头建的，地基是石头，房身也是由一层一层的大块加小块条石完美堆砌而成，墙体外部不做任何装饰，房顶更是由一块一块薄厚相近的大片石整齐排列铺就而成，类似鱼鳞，整体呈现出一种古朴的美感。每一处农家院落则是一个小型的农具展览厅，锄头、铁锨、耙子、镰刀、扁担、笸箩、簸箕、筛子等一应俱全，散发着浓郁的生活气息。这些农耕文化景观记录了民众的生存痕迹，展现了他们真实的生活状态。

十年之后再次踏上这片土地，却是一种熟悉又陌生的感觉。乡村面貌大变，街道已焕然一新。恰逢七夕节，街上人来人往，小孩子们东奔西跑，整个村落活力满满。以前那些石磨、石碾等老工具不少都被人们遗忘在废弃的角落。走访后了解到，村子近十余年开荒山、植树造林、发展果业、种植核桃，正在一步步走出困境。与此同时，以牛郎织女为主题的文化旅游开发也已列入发展规划。

南天池村中的民众虽然很难说清牛郎织女传说的来龙去脉，但许多传说的内容都已与地方风物景观融为一体。他们世代传承，讲起来如数家珍。牛郎织女传说作为和顺的文化瑰宝，承载了丰富的历史记忆和人文情感。随着非物质文化遗产保护运动的兴起，世代流传的牛郎织女传说成了当地乡村振兴的文化法宝。我们师生二人能以著书的形式为传承和弘扬这份文化遗产贡献一份力量，确是深感荣幸。

本书撰写过程中又得到太多的帮助，让我俩深受鼓舞。调研初始，我们专程拜访了主持发掘和顺县牛郎织女传说的县委书记，负责具体事务的和顺县文化艺术中心主任以及搜集整理传说口述文本的地方志专家聂元龙先生。他们从各自不同的身份与视角出发，讲述了和顺牛郎织女传说被发掘的整个历程，为本书的撰写提供了翔实、鲜活的资料。同时，还让我们感受到他们积极参与地方文化保护与开发工作的那份赤诚。

写作期间，我和白鹭曾多次赴和顺县南天池一带做调研，得到了南天池老书记、松烟镇副镇长等地方领导的热情支持，还得到南天池、青家寨及周边村落村民的无私帮助，收获了珍贵的第一手口述资料。特别是省级传承人冯三和市级传承人高天红，两位老人多次为我们讲述牛郎织女传说，带着我们翻山越岭对文本所述景观进行实地考察，使我们对民间传说在地化等问题有了更加真切的感受和更为深刻的认识。和顺县非物质文化遗产中心主任及工作人员，和顺县融媒体中心外宣办副主任等都尽其所能地为课题提供相关资料。他们对非物质文化遗产的珍视与爱护令人感动。

此外，还有山西大学文学院院长、副院长、本套丛书主编弓宇杰在成书前后费心组织，北岳文艺出版社马峻主任、编辑高海霞女士用心审稿、校对。正是各方友人倾心助力，才令研究得以顺利进行，使书稿的内容更为信实。成书之际，我和白鹭衷心向所有给予支持、帮助的个人和机构表达最诚挚的谢意。

2024年6月16日

附录

大事记

2006年

6月28日，和顺县委、县政府领导到南天池村对牛郎织女传说进行实地考察。

8月初，和顺县政府多次聘请省内外专家学者来和顺调研，而后又经过山西省文化、民俗、旅游等部门专家学者的多次实地考察论证，最后确定牛郎织女传说的起源地就在太行山中段，以天河梁为中心，方圆二十公里的晋冀交界处，即和顺县松烟镇南天池、牛郎峪一带。

8月28日，由和顺县委、县政府组织的中华爱情故事“牛郎织女”起源地研讨会及新闻发布会在太原举行，来自省社科院、省文化厅等单位的领导和专家、学者参加了研讨会，“牛郎织女”故事源于和顺县境内南天池、牛郎峪村一带的认识趋于一致。

9月17日，和顺县政府出台《关于保护“牛郎织女”传说起源地的实施方案》，把牛郎峪、南天池两村列入保护开发区，还成立了和顺县“牛郎织女”爱情故事发源地保护领导组。

12月13日，中国民间文艺家协会授予山西省和顺县“中国牛郎织女文化之乡”。

12月18日，和顺牛郎织女传说入选山西省第一批省级非物质文化遗产名录（序号：7；编号Ⅰ—7；类别：民间文学；申报地区或单位：晋中市和顺县）。

2007年

4月24日，中国民间文艺家协会、和顺县人民政府在山西电视台联合举办“中国牛郎织女文化之乡”授牌仪式文艺晚会，首次推出由总政歌舞团印青作曲、任毅作词、谭晶演唱的牛郎织女之歌《忠贞》。

5月5日，和顺县成功举办新兴杯首届“牛郎织女文化之乡”赛歌会。

7月22日，在北京人民大会堂举办了“首届中国（和顺）牛郎织女文化旅游节”新闻发布会，大大提高了和顺县知名度。

8月19日至24日，由中国民间文艺家协会、省文化厅、省旅游局、省社科院等多家单位联合主办的“首届中国牛郎织女文化旅游节”在和顺县隆重举行，主题是“忠贞·和谐”，东方歌舞团贡献了精彩的开幕式表演。19日开幕当天十五对青年夫妇齐聚南天池牛郎织女景区，举办了具有太行农耕文化风俗的婚礼。

8月26日至29日，来自北京军区空军、济南军区空军、中国人民解放军第二十七军的刘玉堤、辛殿枫、王吉连、巩怀书、杨学林、杨则冉、曲茂、杨汉龄、傅有云九位共和国老将军重访太行山和顺县。老将军夫妇参加了纪念革命爱情“忠贞”的金婚庆典活动，并在牛郎织女景区天河梁下栽植了象征革命爱情忠贞不渝的“将军林”。

9月7号，CCTV7《生活567》栏目组在和顺举办了《东西南北乐中国——山西和顺爱情之星电视选拔赛》。

9月15日，在太原举行了牛郎织女民间文化论坛。

9月17日至20日，首届中国乞巧布艺节在中国（和顺）牛郎织女文化之乡隆重举行，来自北京、内蒙古、河北、山西等省市自治区的近百名艺术家和当地的民间巧手齐聚一堂，展示手工技艺。

2007年，编纂出版了《中国牛郎织女文化之乡——和顺》，录刻牛郎织女宣传光盘两万套。

2008年

3月28日，和顺牛郎织女传说入选晋中市第一批市级非物质文化遗产保护名录（序号：1；类别：民间文学；申报地区或单位：和顺县）。

6月7日，和顺牛郎织女传说入选国务院公布的第二批国家级非物质文化遗产名录（序号：523；编号Ⅰ—36；类别：民间文学；申报地区或单位：山西省和顺县）。

8月2日晚，和顺县青年艺术团新编晋剧《鹊桥会》在山西省艺术职业学院星光剧场举行首场演出。

8月3日，在太原迎泽宾馆举行“第二届中国（和顺）牛郎织女文化旅游节文化论坛”，同日“新编晋剧《鹊桥会》专题研讨会”邀请山西省晋剧界人士参会。

8月7日，和顺县组织老中青夫妇开展具有太行农耕民俗的婚庆纪念活动，主题是“忠贞爱情、牵手一生一世，打造中国‘七夕’爱情文化基地”。

8月8日，山西省慈善总会与和顺县在太原康庄森林度假村联合举办“2008·我们结婚”大型奥运集体婚礼，来自美国、加拿大、阿联酋以及我国三十多个省、市、自治区的二百零八对新人携手走进婚姻的殿堂。

8月8日，和顺举办牛郎织女民俗婚庆活动，来自上海、重庆、山东、太原等地的十对新人入住和顺县许村农家乐，体味别样的农家滋味。同时“乞巧布艺展”在县宣传文化中心举行。

8月9日，十对新人在牛郎织女景区举行集体婚礼。

2009年

6月，山西省文化厅授予和顺县文化局“山西省民族传统节日（七夕节）示范保护地”。

7月20日至23日，由山西《大众诗歌》编辑部、《山西日报》文艺部、晋中诗歌协会、县文联、文化文物局、旅游局共同举办的“山西牛郎织女故乡和顺行·诗歌笔会”开幕，创作作品五十多篇，其中著名诗人、作家雷抒雁的《今夜，我们和顺度七夕》，由全国著名朗诵艺术家杜宁林、徐涛在牛郎织女文化节开幕式上朗诵。

8月11日，中国和顺牛郎织女文化品牌研讨会在太原举行。

8月21日，“中国·和顺第三届牛郎织女文化节藏品暨摄影展”在山西省文联大厦开展，共展出两百余件藏品、五百余幅摄影作品。

8月24日至30日，在和顺举办“中国·和顺第三届牛郎织女文化节”，县老龄办、老干局和民政局联合开展了“钻石婚”“白金婚”夫妇评选活动，共评出一对“忠贞爱情白金婚楷模”和三十二对“忠贞爱情钻石婚楷模”。

8月26日下午举行“中国·和顺第三届牛郎织女文化节暨第五届生态旅游节”开幕式，邀请海政歌舞团演出。同日晚，晋剧名家栗桂莲主演的《鹊桥会》在县宣传文化中心剧场演出。

8月27日上午，山西卫视《走进大戏台》在和顺县城演出。

10月28日，“中国·和顺牛郎织女文化节”在浙江省宁波市举行的全国第二届“节庆中华奖”中荣获“最佳文化传承奖”。

11月20日，牛郎织女特种邮票预订工作启动。

2009年，举办“牛郎织女文化进校园启动仪式”，并举行《牛郎织女传说》的赠书仪式。此次总计印量为五千册，分别赠送给全县一百个农村图书馆和中小学校。

2010年

1月21日，牛郎织女传说入选和顺县第一批县级非物质文化遗产名录。

7月5日，在北京国际饭店举行“《牛郎织女》特种邮票首发式暨中国和顺第四届牛郎织女文化旅游节新闻发布会”。

7月10日，举办“中国牛郎织女故乡·和顺行采风活动”。

7月17日，举行“中国牛郎织女故乡·和顺行摄影采风活动”启动仪式，深入牛郎织女风景区和具有民俗风情的古村落等地，创作优秀摄影作品两百余幅。

8月1日，“畅游和顺美丽世界，领略爱情圣地风景”悦达起亚车友会走进牛郎织女文化之乡和顺活动启动仪式在太原举行。

8月8日，《百家讲坛》主讲人、上海电视大学教授鲍鹏山在走马槽景区讲述中国爱情文化。

8月12日至14日，在山西省文联大厦举办“大美和顺——中国·和顺第四届牛郎织女文化旅游节书法美术摄影展”，展出书画和摄影采风活动的优秀作品一百八十五幅。

8月14日，在和顺举行“车友会走进‘牛郎织女文化之乡’活动”启动仪式。

8月16日，主题为“爱情·忠贞·和顺”的第四届牛郎织女文化旅游节开幕，由中国邮政集团总公司发行的，以中国四大爱情传说之一为题材的《牛郎织女》特种邮票，在和顺县举行了首发仪式。特种邮票一套共四枚，分别是盗衣结缘、男耕女织、担子追妻、鹊桥相会。

开幕式现场，对山西省妇联面向全省评选的“恩爱夫妻 和美家庭”活动中选出的十二对恩爱夫妻进行了颁奖。晚8时，山西卫视现场直播“我们的节日·七夕——中国·和顺第四届牛郎织女文化旅游节”开幕式晚会，由中国煤矿文工团演出。

2011年

7月18日至8月1日，“中国·和顺首届乡村国际艺术节暨第五届牛郎织女文化旅游节”隆重举行，来自美国、加拿大、法国、德国、丹麦、澳大利亚、波兰、捷克以及国内的艺术家驻村创作，成立了许村国际艺术公社。

2012年

7月9日，“中国·和顺牛郎织女故乡行采风活动”启动，举办了诗歌笔会、书画笔会、作家座谈会。

8月8日上午，在太原迎泽宾馆举行“中国·和顺第六届牛郎织女文化旅游节”新闻发布会。

8月15日，在许村举行了“中国·和顺第六届牛郎织女文化节·许村国际艺术节”开幕式演出活动。

8月23日上午，在山西省文联大厦举办“七夕摄影书画作品展”。晚8点在山西广播电视台演播大厅举行“中国·和顺第六届牛郎织女艺术节开幕式文艺晚会”。

2012年“牛郎织女传说”入选晋中文化生态保护项目。

2012年牛郎织女艺术团编排了情景剧《天池相会》。

2013年

8月13日，在县宣传文化中心广场举行七夕节文艺会演。

10月，和顺县牛郎织女传说传习所成立，县文体广电新闻出版局为传习所配置了办公设备、戏剧服装、乐器等。

2014年

8月2日，在县湿地公园广场举行七夕节文艺活动。

2014年和顺县非物质文化遗产综合传习所成立，建立非遗展厅，其中牛郎织女传说是重要的展出项目。

2017年

8月1日至28日，举办“我们的节日·七夕——第七届中国和顺牛郎织女爱情文化节暨全民休闲避暑旅游月”活动，活动主题为“相约七夕·相遇和顺”。本次活动共分“品味经典·乐民惠民”“清凉太行·快乐健身”“推介和顺·展望未来”“文化记忆·传承文明”“经贸活动·携手共赢”“相约和顺·共度七夕”六大板块。

8月13日至16日，举办“相约七夕·相遇和顺”爱情诗歌创作采风活动。

2018年

7月21日至8月17日，举办“我们的节日·七夕——第八届中国和顺牛郎织女爱情文化节暨全民休闲避暑旅游月”活动，活动主题为“弘扬传统文化，助力脱贫攻坚”。

7月21日下午，在和顺县政府市民广场举办“第八届中国和顺牛郎织女爱情文化节暨全民休闲避暑旅游月”启动仪式。

8月4日，央视大型相亲交友《乡约》栏目组走进和顺，在天凯庄园现场录制《乡约》和顺牛郎织女爱情文化特别节目。

8月15日，在县体育馆举办“七夕”绣娘大赛，“太行墨韵、桑梓情深”和顺籍文化名人书画作品展。

8月16日晚，和顺“七夕情诗”大奖赛颁奖晚会在和顺县电视台演播厅举行。

8月17日，在和顺县政府市民广场组织凤台小戏、和顺刺绣等非遗项目展示活动，同时举行“牛郎织女”爱情文化主题邮册发行仪式。同日晚，举办中国和顺牛郎织女爱情文化节主题闭幕晚会。

2019年

7月中下旬至8月上旬，举办“第九届中国·和顺牛郎织女爱情文化节暨全民休闲避暑旅游月”活动，活动主题为“同庆七十华诞　弘扬七夕文化　乐享太行山水　感受清凉和顺”。

7月19日上午，在县政府广场举行非遗节目展演和七巧绣娘大赛，中国·和顺“七夕”文化古诗词大赛。

8月1日上午，在和顺县松烟镇南天池村举办牛郎故里民俗风情展示活动。

8月5日晚，举行“七夕”文化专场演出，弘扬“七夕”传统文化。

8月6日、7日晚，举办爱在七夕·中国情歌会暨第九届中国·和顺牛郎织女爱情文化节闭幕式。

12月，和顺县松烟镇南天池村入选第一批国家森林乡村名单。

2020年

8月17日至9月上旬，举办“第十届中国·和顺牛郎织女爱情文化节暨全民休闲避暑旅游月”活动，活动主题为“弘扬七夕文化　助推脱贫攻坚　云游山水太行　畅享激情和顺”。

8月17日上午，举行文艺会演及非遗项目、节目的展演和七巧绣娘作品秀，弘扬七夕爱情文化。

8月19日至21日，在县体育馆举行以“挥毫写太行”为主题的《太行山水入画来》晋冀书画邀请展、以“四季和顺”为主题的青少年书画展活动。

8月20日、21日晚，举办“和顺县县长+山西广电主持人+带货主播”活动。

8月21日晚，七夕文化专场演出。

8月24日至25日，在松烟镇南天池村举办首届全国乡旅生态文化创意节启动暨“情定七夕、缘定和顺”汉式集体婚礼。

8月24日至9月2日，在松烟镇南天池村进行牛郎故里民俗文化展示。

8月25日下午，CCTV1《传家》著名主持人王筱磊特邀中国科学院国家天文台研究员郑永春、中国民间文艺研究所所长王锦强、和顺文化馆馆长高天红共同探讨牛郎织女的文化。此外，央视频APP、《传家》官方抖音号平台，分别在牛郎织女文化发源地——和顺县松烟镇南天池村和许村直播当地“七夕”民俗活动和观天谈“七夕”等活动。

8月25日（七夕节）晚，在县体育馆举办“唱响爱情和顺，七夕和顺相会”主题晚会，晚会以“诗词诵读演唱会”为主题。

11月，山西省文化和旅游厅确定南天池村为山西省第二批AAA级乡村旅游示范村，山西省第二批“太行人家”。

2022年

7月，CCTV4央视中文国际频道《传奇中国节・七夕》栏目摄制组在和顺县全方位、多角度就“牛郎织女爱情传说”、传统民间戏曲“凤台小戏”、民间艺术“和顺牵绣”、传统美食等进行采访拍摄，并于七夕节推出大型融媒体直播特别节目《传奇中国节・七夕》。

7月26日，由山西省文明办、晋中市委宣传部指导，中共和顺县委、和顺县人民政府主办的2022“我们的节日・七夕——第十一届中国・和顺牛郎织女爱情文化节”在和顺县举行新闻发布会。

8月3日至5日，在县政府广场组织开展和顺县非遗民俗文创活动和乡土文化技艺展示。

8月4日上午，在县政府广场举行2022“我们的节日・七夕——第十一届中国·和顺牛郎织女爱情文化节”启动仪式。下午，县融媒体中心走进牛郎织女故事发源地南天池村开展线上直播活动，在南天池村牛郎织女景区举行七夕民俗文化专场活动。同日晚，举办“爱在七夕”《牛郎织女情景剧》晚会演出。

8月5日上午，在南天池村牛郎织女景区举行松烟镇各乡村文艺汇演活动。

2023年

6月13日，和顺县携手晋中师范高等专科学校开展文旅进校园活动。

7月19日，在县迎宾苑召开2023“我们的节日·七夕——第十二届中国·和顺牛郎织女爱情文化节”暨“太行文旅康养体验季”新闻发布会。

7月26日上午，在政府广场举行“第十二届中国·和顺牛郎织女爱情文化节”启动仪式。

7月26日至28日晚，由县委宣传部、县文化和旅游局主办的以“相约和顺　爱在七夕”为主题的群众性系列文化活动在政府广场精彩上演。

7月29日至30日，在政府广场、县宣传文化中心举行由山西省交响乐团演出的交响音乐会，演绎爱情主题经典曲目。

7月31日，晋中市文化和旅游局公布了第四批市级非物质文化遗产代表性项目代表性传承人名单，高天红入选，成为和顺牛郎织女传说的市级非遗代表性传承人。

8月22日上午，在南天池村举行祭祀牛郎织女的民俗活动。

8月22日晚，举办第十二届中国·和顺牛郎织女爱情文化节“相约和顺 爱在七夕”情歌晚会，邀请众多民歌名家演唱。

参考文献

著作

[1] 戴德.《大戴礼记》卷四十七《夏小正》[M].南京：江苏人民出版社，2019.

[2] 司马迁.《史记》卷二十七《天官书》[M].北京：中华书局，1959.

[3] 萧统编、李善注.《昭明文选》[M].武汉：崇文书局，2018.

[4] 宗懔撰、杜工瞻注、姜彦稚辑校.《荆楚岁时记》[M].北京：中华书局，2018.

[5] 睡虎地秦墓竹简整理小组.《睡虎地秦墓竹简》[M].北京：文物出版社，2001.

[6] 王嘉等.《拾遗记》(外三种)[M].王根林等校点.上海：上海古籍出版社，2012.

[7] 陈耀文.《天中记》[M].扬州：广陵书社，2007.

［8］李昉等.《太平御览》［M］.上海：上海古籍出版社，2008.

［9］程俊英.《诗经译注》［M］.上海：上海古籍出版社，1985.

［10］陈泳超.《中国牛郎织女传说·民间文学卷》［M］.桂林：广西师范大学出版社，2008.

［11］叶涛、苏星.《中国牛郎织女传说·沂源卷》［M］.桂林：广西师范大学出版社，2008.

［12］施爱东.《中国牛郎织女传说·研究卷》［M］.桂林：广西师范大学出版社，2008.

［13］毛巧晖、张歆.《牛郎织女神话传说》［M］.太原：北岳文艺出版社，2021.

［14］ 宋俊华.《中国非物质文化遗产保护发展报告（2022）》［M］.北京：社会科学文献出版社，2003.

［15］钟敬文.《钟敬文文集·民间文艺学卷》［M］.合肥：安徽教育出版社，2002.

［16］钟敬文等.《名家谈牛郎织女》［M］.北京：文化艺术出版社，2006.

［17］王文章.《非物质文化遗产概论》［M］.北京：教育科学出版社，2008.

［18］和顺县志.中国方志丛书·华北地方·第408号［Z］.据张夔典总裁、王玉汝纂修民国三年石印本影印.台北：成文出版社有限公司，1976.

[19] 范乃文.和顺文史［M］.北京：中国文史出版社，2009.

[20] 常跃生.和顺县文化艺术志［M］.太原：北岳文艺出版社，2011.

[21] 邓永林.和顺牛郎织女文化［M］.太原：山西经济出版社，2014.

[22] 和顺县文化艺术中心、和顺县旅游局.中国牛郎织女文化之乡——和顺［M］.内部资料，2007.

期刊论文

[1] 乌丙安.论中国风物传说圈［J］.民间文学论坛，1985（2）.

[5] 乌丙安.论民间故事传承人［J］.民间文艺学探索，1987（2）.

[6] 乌丙安.《孟姜女传说》口头遗产及其文化空间——国家级非物质文化遗产《孟姜女传说》评述［J］.民俗研究，2009（3）.

[7] 萧放.关于非物质文化遗产传承人的认定与保护方式的思考［J］.文化遗产，2008（1）.

[8] 刘锡诚.试论牛郎织女传说圈——地理系统的研究［J］.民间文化论坛，2015（4）.

［9］林继富.20世纪中国民间故事传承人研究的批评与反思［J］.文化遗产，2008（3）.

［10］白春香、孟榕.和顺牛郎织女传说口头传承现状与对策［J］.晋中学院学报，2019（6）.

［11］郭俊红.地方文化视域中的牛郎织女传说研究述评［J］.民间文化论坛，2017（4）.

［12］王永平.七夕家家乞巧忙——七夕节俗的起源与文化内涵［J］.文史知识，2018（8）.

［13］张勃.从乞巧节到中国情人节——七夕节的当代重构及意义［J］.文化遗产，2014（1）.

［14］杨利慧.遗产旅游与民间文学类非物质文化遗产保护的“一二三模式”——从中德美三国的个案谈起［J］.民间文化论坛，2014（1）.

［15］纪永贵.中国口头文化遗产——董永遇仙传说研究［D］.南京师范大学博士学位论文，2004.

［16］李超.牛郎织女传说的在地化传承研究：以和顺县南天池村一带的牛郎织女传说为个案［D］.山西师范大学硕士学位论文，2012.

《国家级非物质文化遗产代表性项目
山西省保护成果丛书》书目

书　名	作　者	定价（元）
左权小花戏	刘红庆　弓宇杰	98.00
左权开花调	毛瑞环　树难栽	98.00
祁太秧歌	刘红庆　弓宇杰	98.00
绛州鼓乐	毛　璞　毛上虎	98.00
襄垣炕围画	张　翼	98.00
莲花落	田家宾	98.00
形意拳	王子虎　李晋萍	98.00
岚县面塑	卫才华	98.00
文水鈲子	武晓辉	98.00
平遥纱阁戏人	杨　婕	98.00
澄泥砚制作技艺	高忠严　史小凯　蔺霄麟	73.00
高跷走兽	李筠霞	73.00
牛郎织女传说	侯姝慧	63.00
闻喜花馍	吴白莹　李　莉	58.00
平遥推光漆器髹饰技艺	刘小旦　薛梦瑶　常冰瑜	78.00
平阳木版年画	张惠玲	63.00
惠畅土布制作技艺	梁孟华　胡精杰	68.00